阿·伊·库普林短篇小说集

[俄] 阿·伊·库普林 著
刘长春 译著

WUHAN UNIVERSITY PRESS
武汉大学出版社

图书在版编目(CIP)数据

阿·伊·库普林短篇小说集:俄汉对照/(俄罗斯)阿·伊·库普林著;刘长春译著.—武汉:武汉大学出版社,2020.10

ISBN 978-7-307-21235-0

Ⅰ.阿… Ⅱ.①阿… ②刘… Ⅲ.短篇小说—小说集—俄罗斯—近代—俄、汉 Ⅳ.I512.44

中国版本图书馆CIP数据核字(2019)第245356号

责任编辑:谢群英 邓 喆 责任校对:汪欣怡 版式设计:马 佳

出版发行:**武汉大学出版社** (430072 武昌 珞珈山)

(电子邮箱:cbs22@whu.edu.cn 网址:www.wdp.com.cn)

印刷:广东虎彩云印刷有限公司

开本:787×1092 1/16 印张:7.75 插页:1

版次:2020年10月第1版 2020年10月第1次印刷

字数:184千字 印数:1-500

ISBN 978-7-307-21235-0 定价:25.00元

前　言

该短篇小说集是根据阿·伊·库普林文选九卷集(莫斯科《文艺作品》出版社，1950—1953年)编译出版的。

共收入短小精悍的小说五篇：《神奇的医生》《在地下》《儿童公园》《钢琴伴奏师》《象》。这是一本内容丰富，通俗易懂，富有教育意义，适合青少年阅读的文学作品。

这些短篇小说故事情节曲折生动，语言简练，寓于儿童情趣，早已在俄罗斯和世界其他国家广为流传。

这些短篇小说故事融思想性、教育性、知识性、趣味性于一炉，能使青少年增长知识，扩大眼界，并受到一种崇高思想的影响。

本书是一本颇具特色的青少年读物。

为了方便读者既能欣赏文学作品，又能学习俄语，我们采用了独特的编排方式，把小说集分为两部：第一部为中文版小说，第二部为俄汉对照版小说。此种编排方式不仅便于读者阅读，也能提升本书的价值。

此书在编译过程中得到了《材料保护》杂志社社长、教授级高级工程师柳斌同志和武汉大学外语学院副院长胡谷明教授的大力支持和帮助，他们参加了本书的审校、打字和誊写工作，为此，特向他们表示衷心的感谢。此外，本书的出版得到了武汉大学出版社领导和编辑的大力支持，在此，谨致以诚挚的感谢。

此书系尝试创举，些微失误，在所难免，希望用本书的同志进而教之。他山之石，可以攻玉，将使本书更为完备，更为良好。幸甚。

刘长春

2020年10月于武汉卓刀泉

А. И. КУПРИН

作家生平简介

阿·伊·库普林(Александр Иванович Куприн，1870—1938)是俄国作家，生于奔萨省一个小职员家庭。他早年丧父，随母迁居莫斯科。1880 年他进了士官学校，军校生活对他的性格产生了很大影响。1890 年他军校毕业，被编入驻波多利斯克省步兵团，从此，他开始了创作生涯。1894 年退伍，他在基辅以写作为生。1896 年他曾任顿涅茨克矿区工厂职员。1897 年他在波列西耶边陲地区当过诵经师。1901 年迁居彼得堡，次年结识高尔基和知识出版社作家。之后，他写了反映 1905 年革命的特写《塞瓦斯托波尔事件》。第一次革命失败后，他的思想趋于消极，同知识出版社断绝了往来。他对十月革命的态度十分矛盾，既赞美革命中表现出的英雄主义，又担心祖国文化的命运。1919 年他的全家流亡国外，主要在巴黎居住。1937 年他身患重病，回到祖国，次年病逝于列宁格勒。

库普林的作品多以亲身经历为题材，以现实主义笔法揭露沙皇军队的腐败和资本主义社会的罪恶。中篇小说《莫洛赫》(1896)抨击工厂主对工人的剥削，《奥列霞》(1898)讴歌民间少女的纯真爱情，短篇小说《石榴石手镯》(1911)以浓郁的诗意描写小职员的爱情悲剧。揭露沙俄军官野蛮与腐败的长篇小说《决斗》(1905)，在他的创作中占有显著地位，曾受到高尔基以及其他进步文学界同仁的好评。同类题材的小说还有《大转变》(1900)。长篇小说《火坑》(1909—1915)描述资本主义社会妓女的悲惨生活，但是带有自然主义色彩。在国外时期的创作多带回忆性质，而且缺乏重大社会内容，如重要作品《士官生》(1828—1933)流露出无法排遣的伤逝情调。

库普林是俄国批判现实主义的最后代表之一，受到托尔斯泰、契柯夫和高尔基文学思想的影响。他善于通过细腻的心理描写，塑造鲜明的人物性格，揭示社会矛盾，烘托环境气氛。他的作品题材广泛，几乎触及俄国社会生活的各个方面，抨击沙皇专制制度的残酷与愚昧，歌颂底层人民的勤劳与善良，但也有个别带颓废倾向和歪曲现实的作品。

他的重要作品，如《莫洛赫》《奥列霞》《决斗》和《火坑》(旧译《亚玛》)等已有中文译本。

目　录

第一部

中文版小说

第一篇　神奇的医生

这个故事不是随意虚构出来的。我所描写的全部内容真实地发生在三十年前的基辅，至今还是神奇的，甚至连那些最小的细节还保留在将要谈到的那个家庭的传说中。我个人只不过变动了一下这个生动故事中某些角色的名字，把这个民间故事用文字记载下来。

——格里什，格里什呀！看啊，小猪……在开玩笑……哈哈，哎呀！啊，它的嘴里！……看啊，看……嘴里的草，天啊，草！……这个家伙！

两个可爱的小男孩站在美食店镶着整块玻璃的大橱窗前，止不住地哈哈大笑起来，侧着身子相互碰着胳膊肘，但是由于寒冷双脚不由自主地像跳舞般地跺着。他们已经在这五光十色的橱窗前站了五分多钟了，这橱窗激起了他们的食欲，刺激着他们的心房。这里，吊灯明亮的光照得如同白昼，鲜红的苹果和橙子堆积如山；一堆堆摆布匀称呈三角锥形的橘子，透过包装纸发出金黄色的光泽；熏制和醋渍的大鱼张着嘴，瞪着眼，难看地躺在盘子里；一串一串的香肠，整块整块的被切开了的鲜火腿，火腿肠上有厚厚一层淡红色的肥油……众多的盛着咸的、煮熟的和熏制食品的小罐子和小盒子构成了这幅琳琅满目、令人心醉的画面。两个男孩儿瞧着这些，一下子忘了零下十二度的严寒，忘了母亲交给他们的重要事情——一件令人伤心的没有办成的事情。

大点儿的孩子率先不再去看这种令人眼花缭乱的橱窗，他拉起弟弟的衣袖严肃地说道：

——好啦，瓦洛嘉，走吧，走吧……在这儿有什么用……

两个孩子同时深深地叹了一口气(大孩子只有十岁，况且，从早晨起两人除了青菜汤外什么都没有吃)，向美食店的橱窗投去了最后一线醉心贪婪的目光，就急急忙忙沿着大街跑去了。路上，有时他们透过某所房子一层水气的窗户看到了新年松树，在那儿闪动着一大串一大串明亮发光的斑点；有时他们甚至能听到愉快的波利卡舞曲的乐声……但是他们勇敢地驱走了诱人的念头：停几秒钟，小眼睛再看一看玻璃窗。

当孩子们在街上走的时候，街道变得越来越暗，人越来越少。漂亮的商店、闪亮发光的新年松树、在蓝色和红色的网子里飞奔的大走马、滑道的尖叫声、人群里愉快的谈笑声和喧哗声、打扮漂亮的太太们被寒冷冻得绯红的笑脸……这种种节日的热闹场面都远远地落在后面了。展现在眼前的是荒野、弯曲狭窄的小路、漆黑一片的坡地……他们终于来到了一所破旧房子——独家住宅前。这所房子的底部——其实是地下室——是用石头砌成的，上部是木头的。绕过小小的肮脏的被冰冻住了的院子(实际上是所有住户的天然泔水坑)，他们走进了地下室。在黑暗中穿过公共走廊，用手摸到了自己的家门，推开了它。

梅尔察洛夫一家在这个地下室里已经住下一年多了。两个孩子早已习惯了这些熏黑了的由于潮湿而布满了水珠的墙壁，习惯了晾在牵过整个房间的绳子上的潮湿的破烂衣服，习惯了可怕的煤油烟子味，习惯了小孩的肮脏衣服和跑来跑去的大老鼠的气味——真正赤贫的气味。可是今天，当他们在街上看到了节日的热闹场面、人们的欢声笑语、商店里的琳琅满目的橱窗后，他们幼小的心灵受到了极大的刺激，感到了极端的痛苦。

角落里，一张肮脏的宽床上，躺着一个七岁左右的女孩。她在发烧，呼吸短促而艰难，目不转睛地盯着墙壁。在床旁边，吊在天花板底下的摇篮里，一个吃奶的婴儿上气不接下气地拼命啼哭着。一个瘦骨嶙峋的高个子女人，显得特别痛苦而疲倦，满面愁容地跪在生病女孩的身旁，给她整理着枕头，同时还用胳膊肘轻轻地推晃着摇篮。当两个男孩走进来的时候，一股白色的寒气也紧跟在他们的身后神速地侵入地下室，女人把焦急不安的脸转向后边。

——喂，怎么样啊？——她断断续续地、不耐烦地问道。

两个孩子默不作声，只有格里什用大衣袖子哧哧地擦着鼻子，这件大衣是用旧棉袍改做的。

——你们把信送到了吗？……格里什，我在问你，把信送到了吗？

——送到了，——格里什用因寒冷而嘶哑的声音回答道。

——嗯，怎么样？你对他说些什么？

——你所教的那一切。我说："这是梅尔察洛夫的信，您过去的管家。"可他把我们骂了一顿："你们滚开，——他说道。——从这儿滚出去……你们这帮流氓……"

——这是谁？跟你们说话的到底是谁？……说清楚，格里什！

——看门人说的……还能是谁呢？我对他说："叔叔，把信收下吧，给转一下，我就在底下等回信。"而他说："怎么？你休想……老爷哪有时间读你们的信……"

——那，你呢？

——你告诉的我都对他说了："没什么吃的……玛舒特卡病了……快死了……"我又说："只要爸爸找到工作，就会酬谢您的，萨韦利·佩特罗维奇，真的会酬谢的。"就在这时，铃声响起来了，响起来了。他对我们说："快点从这儿滚开！你们马上离开这里！……"还敲了一下瓦洛季卡的后脑勺。

——真的，他敲了我的后脑勺，——留心听哥哥述说的瓦洛嘉说道，并搔着后脑勺。

大孩子突然担心地在自己棉袍的深口袋里乱翻起来。他终于从里面掏出一个揉皱了的信封，把它放在桌上，说道：

——这是信……

母亲不再详细打听了，在这间不通风的憋闷的屋子里长时间只听见婴儿的啼哭声和玛舒特卡的短促而频繁的呼吸声，这声音很像是连续不断的单调的呻吟。母亲突然转过身来说道：

——那里有红甜菜汤，午饭剩下来的……大概，还能吃吧？只是太凉了，——没有柴火热一热……

正在这时，走廊里传来了某人迟疑的脚步声和在黑暗里用手摸门的沙沙声。母亲和两个男孩——三个人由于紧张地等待脸色显得有些苍白——都同时转向这一边。

进来的是梅尔察洛夫。他穿着单大衣，戴着单毡帽，没有穿深筒皮靴。他的两只手冻得又肿又青，眼睛陷下去了，面颊紧贴在牙床上，如同死人一般。他没有向妻子说一句话，而她也没向他提出一个问题，从彼此眼神里流露出来的悲观失望的表情可知他们是相互理解的。

在这种可怕的灾难的年代里，接踵而来的不幸残酷无情地落到梅尔察洛夫和他全家的身上。起初他自己患了伤寒病，把全部有限的积蓄都花光了。后来，当他恢复健康后，才知道他每月仅拿二十五卢布的管家的小职位已经被别人占去了……开始悲观失望慌忙紧张地到处找工作，哪怕是最低下最卑微的工作，四处写信联络。后来，典当东西，出卖各种家用的破烂物品。就在这时，孩子们也生病了。三个月前死去了一个小女孩，现在另一个女孩正在发烧，失去了知觉，叶莉扎韦塔·伊万诺夫娜不得不同时照看生病的女孩，给婴儿喂奶，还要到城里的另一头，一位老爷家去做零活，洗衣服。

今天一整天全家人都忙于想办法，四处奔波，只是为了随便从什么地方挤出几个戈比来给玛舒特卡买点药。出于这种目的，梅尔察洛夫几乎跑遍半个城市，到处向人央求，卑躬屈节；叶莉扎韦塔·伊万诺夫娜去求女主人；两个孩子去给替梅尔察洛夫管过家的那位老爷送信……但都被借口忙于节日，或者说没有钱所推辞……有的，像老板的看门人，干脆就把两个孩子赶下台阶。

十来分钟谁也没说一句话。突然，梅尔察洛夫迅速地从他一直坐着的箱子上站起来，断然用力把破毡帽向下一拉，遮上前额。

——你到哪儿去？——叶莉扎韦塔·伊万诺夫娜不安地问道。

抓住门把手的梅尔察洛夫转过身来。

——反正，坐在这里也无济于事，——他声音嘶哑地回答道。——不如去……不如去讨饭。

来到街上，他漫无目的地向前走着。他毫无打算，毫无指望。他早已过够了那种贫穷痛苦难熬的生活，梦想着在街上拾到一个装满了钱的钱包或者突然继承一份某个堂叔父的遗产。现在一种无法遏止的想法控制了他：随便躲到哪里去，拼命地跑开，只要看不见饥饿的家庭和生病的孩子。

讨饭？这种办法他今天已经试过两次了。头一次，一位身穿貂皮大衣的先生教训他应当工作，不要乞求；而第二次，要把他送到警察局去。

梅尔察洛夫不知不觉地来到了市中心，一排树木繁茂的公共花园的篱笆旁。由于一路上必须顺着坡向上走，所以他喘得上气不接下气，觉得非常疲乏。他不由自主地走进篱笆门，穿过长长的被雪覆盖的椴树林荫道，坐到了花园低矮的长凳上。

这里宁静而庄严。裹着白色袈裟的树木亭亭玉立。有时从上边的枝条掉下一堆雪，只听见沙沙地又落到或挂到其他的枝条上。花园里一片安宁寂静。这种场面引起了梅尔察洛夫受尽折磨的心里的痛苦、悲观和绝望。

“躺下来，永远地睡去，该多好呀！——他想到，——那就会忘记妻子、饥饿的孩子、生病的玛舒特卡。”梅尔察洛夫把手伸到坎肩下探摸当腰带用的相当粗的绳子。自杀念头十分清楚地出现在他的脑子里。然而，他对这种念头一点也不害怕，在没人知道的情况下一刹那也没发抖过。

“与其慢慢地死去，还不如自寻短见呢？”他已经站起身来去履行自己这种可怕的企图。但是，正在这时，从林荫道的一端传来了在寒冷的空气里清晰可辨的脚步的嚓嚓声。梅尔察洛夫痛苦地转向这一边。有人沿着林荫道走着。起初，隐约可见时而突然发光，时而熄灭的雪茄烟的火光。后来，梅尔察洛夫能够渐渐看出是一个老头，他个子不高，头戴一顶棉帽，身穿毛皮大衣，脚穿一双深筒皮靴。陌生人走到长凳子前，突然转身向梅尔察洛夫，轻轻动一下帽子，问道：

——可以在这里坐一下吗？

梅尔察洛夫故意很不客气地扭过脸去不理睬陌生人，稍稍向长凳边儿挪了挪。双方沉默了五分钟，沉默中陌生人在吸烟(梅尔察洛夫感觉到了)，并斜眼观察着坐在自己身旁的人。

——夜色是多么好呀！——陌生人突然开口道。——寒冷……寂静。俄罗斯的冬天是多么美妙啊！

他的声音是温柔的，老声老气的。梅尔察洛夫沉默着，没有扭过脸来。

——这是我给那些相识的孩子们买的礼物，——陌生人继续说道(他手里拿着几包东西)。——路上忍不住，要兜个圈子，逛逛花园。这里非常好。

梅尔察洛夫本来是一位温顺而腼腆的人，但是当他听到陌生人的后几句话时，却突然绝望地愤怒了起来。他猛然间转向老年人，喊叫着，毫无道理地抡起双手，喘着粗气：

——礼物！……礼物！……给相识的孩子们的礼物！……而我……我，慈善的先生，此刻我的孩子们在家里快饿死了……礼物！……妻子没有奶了，吃奶的婴儿整天整夜没吃的……礼物！……

梅尔察洛夫预料老头听到这种愤怒的喊叫声一定会起身走开，但是他想错了。老年人把自己聪明智慧而严肃的脸向他凑近些，用友好而严肃的声调说道：

——等一等……不要激动！请详细地向我说说全部情况，尽量简短些。也许我们能一起想点什么办法。

陌生人不寻常的脸上显露出一种平静的、令人信任的表情，梅尔察洛夫立即毫不隐瞒地，但非常激动而匆忙地叙述了全部真情。他讲述了自己的病，失业，孩子的死，讲了自己的全部不幸遭遇，一直讲到今天的事。陌生人听着，没有打断他的话，聚精会神地探究似地注视着他的眼睛，好像在期望洞察到这颗痛苦已极的愤懑的心灵的最深处。倏地，他像青年人一样跳了起来，抓住梅尔察洛夫的手。梅尔察洛夫也不由自主地站了起来。

——走！——陌生人说道，并拉起梅尔察洛夫的手。——快点走！……你很幸运，遇到了一位医生。我，当然，不敢保证，但是……快！

过了大约十分钟，梅尔察洛夫和医生已经进入地下室。叶莉扎韦塔·伊万诺夫娜和自己的病女孩并排躺在床上，把脸埋在肮脏的满是油污的枕头里。两个男孩正坐着吃红甜菜汤。由于父亲长时间不在，母亲躺着一动也不动，他们害怕了，哭了起来，用不干净的小拳头把眼泪抹了满脸，好多眼泪都掉进了熏黑的铁锅里。医生进屋后，脱去了大衣，只穿一件老式的相当破旧的礼服，走向叶莉扎韦塔·伊万诺夫娜。当他走近时，她甚至连头也没有抬。

——喂，好啦，好啦，亲爱的，——医生开始说道，温存地抚摸着女人的背。——起来吧！把你生病的女儿给我看看。

正像刚刚在花园里一样，他的声音里包含着温暖和信任，叶莉扎韦塔·伊万诺夫娜刹那间起了床，顺从地听着医生所说的话。两分钟过后，格里什已经用木柴生着了火炉，这木柴是神奇的医生派人去邻居家弄来的。瓦洛佳用劲把水火壶吹着了，叶莉扎韦塔·伊万诺夫娜用保温压布把玛舒特卡包了起来……过了一会儿，梅尔察洛夫回来了，他在这段时间里用医生给的三个卢布买了茶、小白面包并在最近的饭馆里买了一些熟食。医生坐在桌旁，从笔记本里撕下一张纸，在上面写着什么。写完后，就在下面画上一个特殊的小钩，好像是签名。他站起来，用小茶碟压在所写的东西上，说道：

——你就拿着这张小纸去药铺……两小时吃一茶勺。这能使玛舒特卡咳出痰来……继续使用保温压布……此外，尽管你的女儿好转了一些，但无论如何明天一定要去请阿芙罗希莫夫医生。他是一位能干的医生，是一个大好人。我马上就去通知他。好啦，再见了，先生！愿上帝保佑你们，即将来临的一年对你们将要比今年更仁慈些宽容些，但最主要的是任何时候都不要灰心丧气，更不要悲观绝望。

医生握了握还没有从吃惊中醒悟过来的梅尔察洛夫和叶莉扎韦塔·伊万诺夫娜的手，又顺手抚爱地拍了拍惊得目瞪口呆的瓦洛佳的小脸蛋，很快地把脚伸进深筒皮靴里，穿上了大衣。只是当医生已经走到走廊里的时候，梅尔察洛夫才清醒过来，紧跟在他后面奔了出去。

夜里一片漆黑，什么都看不清楚，梅尔察洛夫便试探着喊叫起来：

——医生！医生，请等一等！……请告诉我您贵姓，医生！让我的孩子们为您祈祷！

他接着在空中上下左右忙乱地舞动着双手，想拉住在黑暗中消失不见的医生。这时，从走廊的另一头传来了一个温存的老年人的声音：

——哎！一件小事，算不得什么！……快回家去吧！

当他回到家时，出乎他意料之外：在小茶碟下连同神奇的医生开的药方一起放着几张大钞票……

当天夜晚梅尔察洛夫就知道了这位从天而降的救命恩人的姓。贴在小药瓶的药方签上药剂师用清楚的笔迹写道："根据皮罗戈夫教授的药方配制。"

这个故事我不止一次地从格里戈里·叶梅利亚诺维奇·梅尔察洛夫——正是格里什本人嘴里听来的。他就是在我所描写的那个圣诞节前夜把眼泪掉进熏黑了的铁锅里的小男孩，当时锅里盛着冰凉清淡的红甜菜汤。如今，他在一所银行里担任着相当重要的领导职务，被大家公认为正直、对穷苦人富有同情心、有求必应的典范。每一次，当他讲述完这位神奇医生的故事时，他都含着热泪，用颤抖的声音补充道：

——从此，好像行善的天使下凡到了我们的家。一切都变了：元月初父亲找到了工作，玛舒特卡站起来了，我和弟弟都顺利地被免费安排到中学去读书。这位圣人简直造出了奇迹。而自那以后，我们仅见过一次这位神奇的医生——那是当人们把他的尸体运到他的私人领地维什尼亚的时候。不，见到的不是他，他永远也不会离开我们，他生命中放射出的伟大而神圣的光芒将会永远普照人间。

第二篇　在　地　下

——一个勇敢的少年

初春的早晨，晴空万里，凉风习习，万物都披上一层露珠。只是在东方，太阳从火红朝霞中飘然升起的地方，破晓前还聚集着一小片灰蓝色的云，此刻已渐渐淡白，飘散开来。一片辽阔无垠的草原好像布满了金色的薄尘。在茂盛稠密的青草上，金刚石般的露水珠晶莹透明，四下滚动，闪烁着五彩斑斓的光点。草原上长满各种各样的花草：金黄发亮的黄尝木、蓝色的风铃草、一丛丛白色芳香的野母菊、满身红斑点的野石竹。凉晨，一种有益于健康的苦蒿气味飘散开来，与像扁桃一样的菟丝子香味融为一体。万物都在闪烁发光，消闲自在，快乐地向着太阳。只是在一处又深又窄的山沟里，长着稀疏灌木林的悬崖峭壁中，还有一小片潮湿的青蓝色的树荫，好像是刚刚过去的黑夜一样。在眼睛难以看见的高空中，百灵鸟时隐时现，发出悦耳动听的叫声。吵杂的螽斯早就耐不住性子干巴巴地唧唧直叫。草原在均匀有力地呼吸着，它苏醒了，呈现出一派生气勃勃、欣欣向荣的景象。

戈洛洛鲍夫斯基矿井上的汽笛照例在六点钟嗡嗡嗡地响起来，打破了草原良晨的安宁。汽笛嘶哑地不停地使劲儿响着，好像是在抱怨，在生气，在发怒。这声音听起来时而大时而小；有时几乎听不见，好像是中断了，消失了，钻进地下去了，有时又突然以新的出乎意料的巨大力量从地下传了出来。

在辽阔草原的绿色地平线上，这个唯一的矿井，以及它的黑色围墙和竖在上面的不成样子的瞭望台使我们想到了人和人的力量。上半截熏黑了的红色长烟囱一刻不停地吐出一团团又黑又脏的浓烟。从远处就听见锤头打铁的叮咚声和钢丝绳运行的哐啷声。在晴朗而又令人愉快的早晨，这种使人忐忑不安的金属声笼罩着一种神秘、严肃、紧张的气氛。

现在轮到第二班下井了。矿井大院里，在一堆堆大块发亮的石煤中间聚集着二百来人。一张张被煤烟完全染黑了的个把星期都没洗过的脸、各色各样的破衣烂衫、露出脚趾的鞋、树皮编织的鞋、长筒靴子、旧胶皮套鞋、赤脚——一切的一切都混杂在形形色色忙乱的喧嚷吵闹的人群之中。空中回荡着不堪入耳的咒骂声、嘶哑的笑声和憋闷抽搐的咳嗽声。

人群渐渐稀疏了，人们走进了一扇狭窄的木门里，门上钉着一块写有“灯”字的白色小木牌。灯房里挤满了工人。十个人坐在一张长条桌旁，不断地向玻璃灯里填油。灯的上部罩着一层保险铁丝网。当灯完全被装好后，装灯工人把一小块铅塞进耳罩里(耳罩把保险铁丝网的上部和底部连接在一起)，然后拿起一把又沉又大的钳子用力一夹，把铅夹扁。这样，一直到矿工们换班，从井下回到灯房的时候，也不可能把灯弄坏。即使偶然间玻璃被打碎了，保险铁丝网仍会使灯安然无恙。这种预防措施是必要的，因为矿井的深处积存着一种特殊的可燃气体，它遇火就会立即爆炸。有一次，由于用灯时疏忽大意，发生了一起事故，结果矿井里有一百多人丧命。

矿工们拿到灯后，走进了另一间房子。在那里，考勤组长把他们的姓名登记在当天的考勤表上，两个助手又仔细地检查他们的口袋、衣服和鞋子，以免把烟卷、火柴或火镰带在身上。

确信没带易燃品，或者根本就没查到什么易燃品的时候，考勤组长才点点头，慢腾腾地说："请——进——去！"

又通过下一个门，矿工们走进了位于"主井筒"上面的又宽又长的有顶盖的长廊。

长廊里紧张忙碌的上下班工人来来往往。在通向井下的正方形洞口里，有两辆被系在钢丝绳上的罐笼车通过滑轮升降。当一辆罐笼车升起时，另一辆下降一百俄丈。罐笼车准确神奇地从地下跑出来，上面装着一辆辆满载着刚刚从地下挖掘出来的潮湿煤块的小矿车。工人们很快地把小矿车从罐笼车上拖下来，拉到轨道上，跑着把它们送到矿上的大院里。空空的罐笼车不一会儿又挤满了人。信号电铃声传到卷扬机房，一辆罐笼车震动起来，猛的一声响过之后钻入地下，消失不见了。过了一会儿，另一辆罐笼车又从地下跑出来。在运行过程中，除了机器噗噗的喷气声和钢丝绳飞驰的哗啦声外什么都听不见。这次装的不是煤，而是一满车人，他们全身湿漉漉的，又黑又脏，冻得瑟瑟发抖，好像一种神秘的无形的巨大力量把他们送了上来。人和煤就这样快速、准确、单调地更替着，好像一台庞大的机器在机械地运转一样。

瓦西卡·洛马金，矿工们都叫他(一般人都喜欢给别人起个带劲的绰号)翘鼻子瓦西卡，在一刻也不停地把人和煤送出来的主井筒的洞口上站着，微微地张着嘴，目不转睛地向下张望。

瓦西卡是个十二岁的男孩，长着一张煤灰弄脏了的黝黑的圆脸蛋和一个向上翘着的滑稽可笑的尖鼻子。他那双蔚蓝色的眼睛正天真地张望着。他也该马上下井了，可是他们小组的人还没到齐，他只好在这里等着他们。

瓦西卡从遥远的农村来到这里已经半年多了。矿井生活的放荡，无所顾忌的狂欢，肆无忌惮的蛮横都丝毫没有沾染他纯洁的心灵。他不吸烟，不喝酒，也不说下流话。他不像同龄工人们那样，每逢星期日人人都醉得不省人事，赌钱、烟不离口。除了"翘鼻子"外，人们还送给他另一个外号——"妈妈的"。那还是他刚来到矿上的时候，采矿工长问他："你这个小脏猪，是谁家的?"他天真地回答道："妈妈的！"这引起了全班工人的哄堂大笑和友好善良的逗骂声。

瓦西卡至今还不习惯采煤工作和矿井的风俗人情。繁重而复杂的煤矿生活使他缺乏想象力的头脑受到压抑，虽然在这方面他还认识不清楚。他认为矿井是一个神秘的超自然的世界，是一种极阴森可怕的东西的住所。在这个世界里最深奥莫测的有生命活力的东西无疑是绞车司机。

瞧，他穿着满是油污的短皮上衣，嘴里叼着烟卷，鼻梁上架着一副金丝眼镜，留着大胡子，皱着眉头。透过绞车的玻璃，瓦西卡可以清楚地看见他。多么了不起的人啊！他简直是个神仙！看他，人不动地方，烟不离口，按一按小电钮，一直没动静的巨大卷扬机立刻就发动了，钢丝绳哗啦啦地响起来，罐笼车轰隆隆地向下飞驰而去，矿井的全部木房子都颤抖起来了。多么奇怪呀！……而他若无其事地坐在那里，抽着烟。然后他按一按另一个小玩意儿，拉一拉另一根钢棍子，刹那间一切都停止了，平息了，安静了……“可能，他懂得一种什么语言吧？”——瓦西卡看着他，好奇地想到。

另一个神秘的，同时又掌握着大权的人是采矿工长帕维尔·尼基福罗维奇。在黑暗、潮湿而又可怕的地下王国里他是主宰者，星星点点的矿灯在这样一个黑暗王国和寂静中闪烁着红光，根据他的命令开辟着新的坑道和工作面。

帕维尔·尼基福罗维奇长得很英俊，但是他少言寡语、郁郁不乐，好像是和地下的东西打交道给他加上了一种特别的难以猜测的印痕。他那强壮的体力成了矿工们传说的神话，甚至像布哈洛和万卡·格列克这样一些“事事走运”的、说起话来傲慢无礼的小伙子们对他——这位主宰者也都很尊敬。

在瓦西卡看来，比帕维尔·尼基福罗维奇和绞车司机更高的是矿长——法国人卡尔·弗兰采维奇。瓦西卡可以比较一下这个至高无上的人实力的大小，但是他没作比较。矿长能够做世界上他想做的一切事情。成千上万靠矿井生活的运料工、装卸工、矿工、工长、考勤员的死活都要靠他的手一挥、眼一瞥来决定。只要是他那瘦高笔挺的身躯和蓄着乌黑发亮的小胡子的苍白的脸庞在哪里一出现，那里就立刻感觉出一种紧张和惊慌的气氛。当他和某人谈话的时候，他总是用冷漠的大眼睛盯着对方，好像是透过这个人能够看出只有他才能发现的东西。起初，瓦西卡无法想象出世界上有像卡尔·弗兰采维奇这样的人。从他的身上甚至能散发出一股特别使人感到惊奇的甜蜜的花香。这种香味瓦西卡闻到过一次，那是当矿长在离他两步远的地方经过的时候，当然矿长没有发现这个可爱的小男孩。瓦西卡当时没戴帽子，张着嘴，以惊恐的目光伴送着这位疾驰而过的地上的神灵。

——唉，翘鼻子，你爬上去吧！——瓦西卡听见粗鲁的呼唤声。

瓦西卡肩膀一耸，立刻就向罐笼车跑去。上车的正是他当小工的那一组人。其实，他直接由两个师傅带：赫里亚希叔叔和万卡·格列克。他和他们一起睡在工人集体宿舍的同一张板床上，经常与他们一道在矿井里做工，工余时间里还替他们干了不少事：主要是跑到最近的一个小酒馆里去“约会朋友”、买酒、买黄瓜。赫里亚希叔叔是一个失去个性的老矿工，他由于长期从事力不从心的劳动而常常感到疲惫不堪。他既没有善恶的差别，也没有狂暴的举动和胆怯忍受的差别，只是盲目地服从大多数，欺软怕硬。在矿工中间，虽然他已年迈，却得不到尊敬，树立不了威信。而万卡·格列克却相反，在某种程度上掌握着整个工人集体宿舍的舆论和强烈的情绪。特别是当那些横蛮无理的矿工随意打人、欺负弱者的时候，他那刻薄的话语和坚硬的拳头便是最有力的证据。

在这种狂暴而不顾死活的急性子人中，相互间的任何一种冲突都会变成特别尖锐的矛盾。工人集体宿舍像是一个挤满了猛兽的大笼子，它们在里面惊慌失措，片刻间的犹豫不决就等于死亡。一般性的谈话，伙伴们开开玩笑都会迸发出令人惧怕的仇恨的火花。刚刚还在心平气和谈话的人猛然间怒气冲冲地暴跳起来，面容失色，手指哆嗦着攥紧刀柄或锤把，满嘴泡沫，唾液四溅，气得浑身打颤，粗野可怕地对骂起来……矿工生活的初期，瓦西卡遇到这种场面，会被吓得发呆，似乎感到胸部发闷，两手出冷汗，软弱无力。

若是在这种野蛮的环境中，万卡·格列克受到一些尊敬的话，那在某种程度上证明了他所具有的道德品质。他能够以非常顽强的精神整周整周不停息地劳动，来弥补一个夜晚就输得精光的以非人的劳动所挣得的全部金钱。他没喝醉的时候，不爱说话，沉默寡言。当他喝醉的时候，就雇一位乐师，把他领到小饭馆来，让他奏乐，而自己却坐在他对面，一边不停地喝着伏特加酒，一边哭泣着。然后，眼睛血红地突然跳起来，脸抽搐着，开始“大骂一通”。骂谁，骂什么——他都无所谓；长期从事劳动使他养成了这种性格……开始时工厂的每个角落都能听见他那不像话的狗血喷头的咒骂声，一直到这个不受拘束的人瞌睡得站都站不稳的时候为止。

但是，使人们感到不可理解的是，万卡·格列克却给翘鼻子以极大的关心，或者更确切地说，是给予极大的照顾。当然，这种照顾是以严厉和粗鲁的方式表现出来的，并夹杂着一些下流话。这些下流话即使当矿工们最高兴的时候也少不了。毫无疑问，这种照顾确确实实是存在的。比如说，万卡·格列克把这孩子安排在板铺上最好的地方睡觉，使他的双脚可以靠近炉子，虽然这遭到赫里亚希叔叔的反对，因为这个地方从前是属于他的。还有一次，当一个放荡不羁的矿工想动手夺去瓦西卡的半卢布银币的时候，格列克保护了他。“给孩子留下，”他轻轻地说道，稍微在板铺上欠起身来。这话伴随着严厉的目光，使这个矿工十分惊慌，虽然他表面上装模做样，嘴里骂着人，可是内心却非常胆怯，慢慢地溜到一边儿去了。

和瓦西卡一起走进罐笼车的还有五个人。信号铃响了，刹那间瓦西卡觉得全身一阵轻松，好像背上长出了翅膀一样。罐笼车震动着，轰鸣着，向下飞奔而去，井壁的砖墙也仿佛向上疾驰起来，汇合成一条密实的灰色带子。随后，又是漆黑一片。一盏盏灯在那些沉默寡言的长着大胡子的矿工们手里星星点点地闪着微光，在下降的罐笼车的不均匀的震动下颤抖着。紧接着瓦西卡突然觉得自己不是向下去，而是向上飞。那些感觉不习惯的人每当罐笼车到达井筒中间的时候，都会有这种奇怪的物理反应，瓦西卡就长期不能摆脱这种总是引起他轻微头晕的复杂的反应。罐笼车快速地减缓了下降速度，停在地下，汇合到主井筒的地下泉水像瀑布似地自上而下倾泻下来。为了躲避这“倾盆大雨”，矿工们飞快地从罐笼车上跑下来。

人们身穿漆布雨衣，头戴风帽，把装得满满的小矿车推到罐笼车上。赫里亚希叔叔向他们其中的一个人点头说道：“你好哇，捷列哈！”——但是，那个人没理睬他，一组人就各自散开了。

每当瓦西卡不知不觉地来到地下的时候，总感觉到有一种说不出的压抑的苦恼控制着他。他觉得这又长又黑的坑道是无尽头的。有时，远处微弱的灯光像可怜的萤火虫一样在闪动着，忽明忽暗。在坑道里，脚步声特别奇特又不响亮。空气潮湿，憋闷而寒冷，令人不快。从侧面的墙外不时传来潺潺的流水声，从这种微弱的声音中瓦西卡感到了一种危险的不祥预兆。

瓦西卡紧跟在赫里亚希和格列克身后。手里提着的灯摇晃着把微弱淡黄的光芒投射到坑道里光滑生霉的木墙上。三条模糊的走了样的身影在淡黄色光芒的照射下稀奇古怪地来回蹦跳着，时而消失了，时而又伸长到天花板上。矿井里发生的一切血淋淋的事故不由自主地出现在瓦西卡的脑中，这对他来说是那样地可怕而神秘。

这里崩塌埋住了四个人。已经找到的有三具尸体，另一具下落不明；据说，他的幽灵时常在五号坑道里游荡，发出悲哀的哭泣声……那里，三年前，一个矿工用钉子镐把拒绝给他一口伏特加酒的伙伴的头打破了，这酒是那个伙伴偷偷带到地下来的。传说一个老工人很多年以前在了如指掌的坑道里迷了路，三天以后才被人发现。他已饿得软弱无力，神经错乱，发疯了。他说，一个“人”领着他在矿井里游来游去。这个“人”非常可怕，他没有姓名，面孔模糊，无疑是住在井下的最深处。关于“他”，任何一个真正的矿工，无论是在喝醉的时候，还是在头脑清醒的时候，都不敢随便谈论。每当瓦西卡跟着自己的伙伴经过这里的时候，一想到“他”，就毛骨悚然，周身打颤。

——喂，怎么样，万卡，玩得好吗？——赫里亚希叔叔一边走，一边把身子转向格列克讨好地问道。

格列克没有回答，鄙视地似乎不高兴地吐了一口唾沫。在此以前，他整整五天没来上工，狂饮纵酒，瞎胡闹，花掉了两个月的薪水。这段时间里，他几乎完全没睡觉，直到今天他的神经还处于紧张状态，全身酸懒。

——嗯，我的老弟，好，不搭理我，——赫里亚希叔叔忍不住了。——你怎么对组长这样粗暴无礼呢？好极了……

——别唠叨，——格列克简短地打断赫里亚希。

——有什么可唠叨的，我没有唠叨，——赫里亚希叔叔说道，他因为没参加昨天的狂饮而有点委屈和生气。——要知道，我的老弟，你现在躲不开账房。伙计，要找你算账的。让你再喝酒……

——别瞎说，走开！

——瞎说？亲爱的，这不是在小饭馆里胡闹。谢尔盖·特里福内奇这样说过：让他好好地向我请求请求吧！让……

——住口，畜生！——格列克突然不顾情面地转向老头骂道，眼睛在黑暗的坑道里闪着凶光。

——我怎么了！我没说什么呀，好，好，我不说了，——赫里亚希叔叔笑着说道。

离工作地点差不多还有一俄里半，从主干道转弯，一组人沿着狭窄弯曲的坑道又走了很久。有些地方必须弯着腰走，不然头就会碰到顶棚。坑道里空气变得越来越潮湿，越来越憋闷。

他们终于来到了采煤工作面。

在坑道狭窄的空地上，工作起来既不能站着，又不能坐着；只能是仰面躺着采煤，这是一种最艰难最繁重的采矿艺术。赫里亚希叔叔和格列克慢慢地默不作声地分开了，他们把灯挂在墙壁的突出处，光着上半身，并排躺了下来。格列克觉得自己很不舒服。三个不眠之夜和可恶的烈性伏特加酒长时间的折磨使他感到非常难受，全身疼痛，好像有人用棍子打了他一样，两只手一点也不听使唤，头像是塞满了煤块似的沉重。然而，为了不损害矿工的尊严，格列克极力克制着自己不能流露出一副病态的样子。

他默默咬紧牙关，聚精会神地把钉子镐打进乌黑疏脆的煤里。有时，他昏迷了，一切都从他的眼前消失了：低低的采煤工作面，煤的黑而发亮的断裂层，和他并排躺着的赫里亚希叔叔那松软的身体。大脑瞬息间好像是入睡了，耳边回响着昨天的手摇风琴声，头嗡嗡直叫，心里厌烦而恶心，可是他双手仍旧有力地不停地干着。格列克把头上的煤一层一层地打下来，几乎不知不觉地仰面朝天地向上越移越高，远远地把身体虚弱的伙伴甩在后边。

煤屑从他的钉子镐下飞起，溅落在他满是汗水的脸上。一大块煤被打掉后，格列克稍停一会儿，用脚把它踢开，又拼命地干起来。两辆小矿车已被瓦西卡装满，推到主干道上，堆在一个大煤堆里，其他坑道采的煤也都堆到这里。当瓦西卡第二次推着空车回来的时候，从采煤工作面的一个洞口里传来了一种奇怪的声音，这使他大吃一惊。有人在呻吟，声音嘶哑，好像是喉咙被人掐住而喘不过气来。起初，瓦西卡以为是矿工们在打架。突然，他惊奇地听到了赫里亚希叔叔在焦急地呼唤着他。

——你在那儿干什么，翘鼻子？快到这儿来！

万卡·格列克躺在地上，全身可怕地抽搐着。他的脸色发青，紧闭着的双唇上满是涎水沫，眼皮向上翻着，能看到的是一双白眼珠在不时转动。

赫里亚希叔叔慌了手脚，他一边不时地摸着格列克冰冷颤抖着的手，一边以乞求的声音说道：

——万卡……怎么啦……别怕……哎，会好的，会好的……

这是可怕的癫痫疯发作了。一种非常吓人的神秘不解的力量使格列克整个身躯向上踮起，弯曲成难看的痉挛的姿态。他时而把身体弯成弓形，仅仅用后脑勺和后脚跟撑着地，时而身体又沉重地落到地上，痉挛着，时而又像木棍一样身子直挺挺的，每一块肌肉都在颤抖着。

——唉，老天爷，竟出了这样的事！——赫里亚希叔叔害怕地嘟哝着。——万卡，你怎么啦……哎，天啊，你这突然怎么啦？……别忙，翘鼻子，——他突然想起来说，——你在这里守护着他，我跑去叫人。

——叔叔，那我该做些什么……？——瓦西卡悲伤地慢慢说道。

——嘿，你还说什么！坐在这儿，就行啦，——赫里亚希叔叔威严地吆喝道。

他急急忙忙地抓起自己的衣服，边走边把它搭在胳膊上，跑出了坑道。

瓦西卡一个人留在不停地抽搐的格列克身旁。又过了一会儿，他仍然紧靠在充满恐惧的角落里默默地坐着，不敢动一下。格列克的痉挛渐渐轻了些，嘶哑声也停止了，眼皮盖上了可怕的白眼珠，突然间长长地叹了一口气，一动不动地挺直了身子。

此刻，瓦西卡更觉得可怕了。“上帝啊，可别死了？”——他一想到这儿一股可怕的寒流突然传遍全身，顿时毛发悚然。他勉强地倒吸了一口气，爬到了病人身边，伸手摸了摸他赤裸的胸部。虽然冰冷，但仍在微弱地上下起伏着。

——格列克叔叔，格列克叔叔，——瓦西卡小声叫道。

格列克没有反应。

——叔叔，起来！让我把你送到医院去。叔叔！……

从最近的一处坑道里传来了忙乱的脚步声。“好啦，谢天谢地，赫里亚希叔叔总算回来了！”——瓦西卡松了一口气。

然而，这人却不是赫里亚希叔叔。

一个不认识的矿工把灯高高地举过头顶，向采煤工作面照着，张望着。

——这里有人吗？赶快上来！——他焦急不安地像发布命令似地喊道。

——叔叔，——瓦西卡向他奔过去，——叔叔，这里格列克出事了！……躺在那儿，一句话也不说。

矿工把脸紧贴到格列克的脸上，闻到了一股浓烈的酒气味。

——嗨，自作自受！——矿工摆了一下手。——喂，万卡·格列克，起来！——他喊了一声，摇了摇病人的手。——是起来，还是怎么样？对你说吧，三号坑道塌方了。听见没有，万卡！……

格列克哼哼哈哈地说了一句听不懂的话，仍然没睁开眼睛。

——嗨，我没有时间和他这个酒鬼泡在一起，耽误时间！——矿工不耐烦地高声嚷道。——唤醒他，小伙子，要快点儿。万一……你们这里会塌下来的。那时，你们就会像老鼠一样完蛋了……

他的身影在黑暗的坑道口消失了，几秒钟后，他急促的脚步声也听不见了。

瓦西卡异常吃惊地想象着自己的处境既可怕而又不堪设想：他头上悬吊着的千百万普特的土随时都可能轰隆一声倒塌下来。他会像一条小虫似地被砸死，像一粒尘屑似地被压在下面。想叫，张不开嘴……想动，挪不动手……只有是死，可怕无情的死……

瓦西卡绝望地向躺在地上的矿工扑去，竭尽全力摇晃着他的肩膀。

——格列克叔叔，格列克叔叔，醒一醒呀！——他鼓足劲喊道。

他敏锐的耳朵听到墙外左右两边传来了急促而沉重的杂乱无章的脚步声。这一班工人都从恐怖笼罩着的坑道里涌出来，向井口跑去。此时，瓦西卡也异常害怕了起来。猛然间，他脑海里闪过一个念头：把躺着不动的格列克扔下不管，让他听天由命，自个儿赶快逃跑。但是，一种莫名其妙的特别复杂的感情立刻制止住他。他又开始大声地呼唤着格列克，用力拉他的手，抬他的肩膀和头。

但是，他的头从这一边又摆动到另一边，抬起来的手又咚的一声掉下来了。正在这时，瓦西卡的目光一下子落到了运煤的小矿车上，一种幸运的念头应运而生。他用尽全身的力气从地上把又胖又重像死人一样不能动弹的格列克的身体稍微抬起，放到小车上，然后又把他那两条悬垂着的不灵便的腿搭在车壁上，吃力地把格列克推出采煤工作面。

坑道里空无一人。

从前面不远处传来了最后一批撤出坑道的矿工们的脚步声。瓦西卡跑着，竭力使小车保持平衡。他那干瘦的小手发麻了，僵硬了，胸闷得透不过气来，太阳穴好像被铁锤敲打着，眼前直冒金星。停下来喘口气，松弛一下发木的小手。

“不，不能！”

不可避免的死亡在跟踪追赶着他，他已经预感到死亡就在自己的背后扇起了翅膀。

上帝保佑吧，最后一道转弯啦！

瞧，远处在闪烁着火炬的红光，这光把卷扬机照得通亮。

人们都聚集在罐笼车旁。

快点儿！快！快！……

拼命再加最后一把劲儿……

这是怎么一回事，天啊！罐笼车升起来了……刹那间就无影无踪了。

“等一等！停一下！”瓦西卡嘶哑地喊叫着，他眼前直冒金花，头嗡嗡作响，霎时间天旋地转，好像一切都塌了一样。他双腿一软，咕咚一声栽倒在坑道里……

矿井上面，瓦西卡慢慢地苏醒了。他不知躺在谁的羊皮上衣里，四周围满了人。一位胖胖的先生在抚摩着瓦西卡的太阳穴。矿长卡尔·弗兰采维奇也在这里。他第一个发现瓦西卡睁开懂事而聪明的眼睛，用法国话低声赞叹道：

——噢，多么勇敢的少年啊！

这些话瓦西卡当然听不懂，但是他已经在人群的后几排看清了格列克苍白不安的面孔。这对相互交换着感情的眼睛将把他们永远永远地连接在一起。

第三篇　儿童公园

伊利亚·萨莫伊洛维奇·布尔明是孤儿法院的一等录事。妻子去世的时候，他五十多岁，而他的女儿才七岁。萨申卡是一个生相不漂亮的瘦瘦的女孩子，患有贫血病。她长得不结实，吃得非常少。每当吃饭的时候，不得不拿狼、扫烟囱工人和警士来吓唬她。在大城市的喧哗吵嚷声中，她像是一棵生长在石头缝里的(天晓得是什么样的)枯萎着的小草。

有一次她病了。整天默不作声地坐在黑暗的角落里，显得对一切都很冷淡的样子。当布尔明问她："你怎么了，萨申卡?"——她用悲哀的声音回答道："没什么，爸爸，我只是有些烦闷……"

布尔明终于下决心请来了住在对面的医生。医生走进了地下室(布尔明一家占着地下室的右后半间)，很久也未找到一个挂貂皮大衣的地方，到处都很脏又很潮湿，所以只好穿着它。在离他有相当一段距离的四周，一群住在地下室里的女人用手掌托着下巴，以哀苦的眼睛望着医生，叹着气，嘟喃着"可怜""贫血""患佝偻病的体格"……

——她需要加强营养，——医生用严肃的声调说道，——肉羹、陈波尔特温酒(一种浓葡萄酒)、鲜蛋和水果。

——是……是……是这样，是这样，是这样，——伊利亚·萨莫伊洛维奇反复地说道，就像在孤儿法院里习惯地对上司低三下四一样。

此时，他忧愁地望着楼板、沾满灰尘的玻璃，望着地下室里污浊憋闷的空气中渐渐枯萎了的天竺葵。

——最要紧的是新鲜空气……我建议您的女儿最好到克里米亚南岸一带去做海水浴。

——是，是，是……是这样，是这样……

——还有葡萄疗法。

——是的，是的……葡萄疗法……

——而主要的，再重复一遍，新鲜空气、绿色植物、绿色、绿色……对不起……我还很忙……这是什么?不，不，不收，不收穷人的……一向免费……对穷人总是免费……再见!

假如为了女儿的健康，要伊利亚·萨莫伊洛维奇砍掉一只手献出来(当然是左手，右手还要留下写字呢!)，他会毫不犹豫。但是一瓶陈波尔特温酒要花去十八卢布三十三又三分之一戈比的俸禄……

女儿一天天消瘦了。

——喂，告诉我，萨舒萝奇卡，告诉我，我的宝贝，你想要什么?——伊利亚·萨莫伊洛维奇问道，忧愁地瞧着女儿的一双严肃的大眼睛。

——什么都不要，爸爸……

——想要布娃娃吗，孩子？要一个大的会闭眼睛的布娃娃吗？

——不，爸爸，烦……闷……

——要糖果吗？苹果要吗？要不要一双黄色的小鞋？

——烦闷！

有一次，她有一个小小的心愿。那是一个春天，当落满灰尘的天竺葵披上了带有花纹绿装的时候。

——爸爸……想到公园去……送我去公园……那里……叶子绿油油的……草……就像教母小花园里的……我们到教母那里去吧，爸爸……

她仅仅去过一次小花园，那是在两年前。她在教母(一个调解法官文牍员的妻子)的别墅里过了两天……她当然不可能记得她怎样把一个装满了淡茶的杯子差点儿投到文牍员(她的教父)的脸上，怎样以演员的腔调故意大声地在隔壁的房间里对乞丐、流氓发牢骚。

——爸爸，我想到教母的小花园去……

——好，好，孩子，别哭，我的小姐，天气一好，你就去小花园……

好天气终于来到了，布尔明领着女儿来到了市内公园。萨申卡确实精神焕发了。她当然不敢和孩子们一起玩沙子(用沙子做肉饼和好吃的甜点)，但却隐藏不住内心的喜悦，满脸微笑地看着他们。她一动不动地坐在公园里的高凳子上，和那些两腮红红的胖孩子相比，她当然显得脸色苍白、面容憔悴，一副病态的样子。一位严肃的胖太太从她身旁走过的时候，故意对着一棵绿荫如盖的老椴树说道：

——太奇怪了，警察干什么去啦？……让一个有病的孩子进公园来……真是岂有此理！病会传染给别人……

这位太太的话当然不能阻止伊利亚·萨莫伊洛维奇由于高兴而来回用力地亲吻自己女儿那苍白的小脸蛋儿。然而，令人遗憾的是，市内公园离拉兹博伊内大街太远。女孩连步行一百多俄丈都不能，而坐马车往返一趟就要花四十四戈比，也就是伊利亚·萨莫伊洛维奇一天薪资的一多半。只好每个星期来一次了。

女孩一天天地瘦弱下去了。这时，布尔明想起了穿貂皮大衣的医生说的话：新鲜空气、绿色植物。

“哎哟，我们需要新鲜空气、空气、空气！”——伊利亚·萨莫伊洛维奇接连不断地自言自语地重复着。

这种想法差一点使他神经错乱。地下室的正对面是一块很大的尘土飞扬的空地，居民们家的猪时而在灰尘里，时而在污泥里轮流打滚。每当路过此地时，伊利亚·萨莫伊洛维奇不得不为之深深地叹息。

——唉，哪怕在这儿开辟一个顶小的公园也好！——他摇晃着脑袋，低声地说道。——孩子们，孩子们在这种环境里怎么能长好呢，天啊！上帝啊！

作为一个想改造这块空地的热衷人，他拿着一份平面图四处奔波。办公室的同事们甚至给他起了一个外号，叫他“空地”。有一次，一个人向伊利亚·萨莫伊洛维奇建议道：

——您最好草拟一份计划，送到市议会……

——真的？——伊利亚·萨莫伊洛维奇又高兴，又胆怯。——你说什么，市议会？

——市议会。很简单的一件事。就这样，以居民们的名义……为了公共利益，就说，为了美化城市……就这么说。

一个月后，计划拟好了。计划虽小，没有连贯性，也不系统，但却写得天真感人。假如伊利亚·萨莫伊洛维奇那怀着极强烈的希望在公文纸上写出的每一个很工整的字突然间都会说话的话，那么，毫无疑问，市长、市议会、议员们都会丢下全部日常事务，立即来实施这份异常重要的计划。

议会记录员吩咐他过一个月来，然后又说过一周，后来又说再过一周，最后他把纸差点儿戳道布尔明的鼻尖上，喊道：

——嘿，你拼命往上爬什么？爬什么？爬什么？这件事与你有什么相干，这是市政机关的事！

伊利亚·萨莫伊洛维奇低下了头。“市政机关，——他伤心地小声嘟哝着……——是，这……是……市政机关……”

后来，议会记录员突然用严厉的声调问他在哪里供职。他害怕了，请求饶恕。记录员宽恕了他。布尔明把纸揉成一团扔掉了，急急忙忙地走出了市议会大厅。

然而，失败并没有阻碍他的宣传活动。只是此时此刻他的脑海里才把萨申卡的形象，由于缺乏阳光和新鲜空气而继续消瘦下去的萨申卡的形象，同千百个其他孩子的苍白的小脸连在一起。这些孩子也像他的女儿一样，气喘吁吁地住在地下室或阁楼间。他拿着计划，鼓足勇气，来到警察局、军事机关，找过调解法官、私人慈善家。当然，他所到之处都将他赶了出来。

他的同事齐特伦诺夫录事被认为是上流社会的人物，因为经常出入“尤格”饭馆，常读唯一的市报——《绝对正确报》。他有一次不知是开玩笑，还是认真地对伊利亚·萨莫伊洛维奇说道：

——假如关于这块空地在报上的小品文栏里提出严厉批评，那事情就好办了……您是否读过笔名为“蝎子”的小品文？……多好的文笔呀！犀利，尖锐，一针见血，文章这样写道：尼古拉·尼古拉伊奇走路的样子傲慢，左肩比右肩高，是一位恶毒的老爷！

伊利亚·萨莫伊洛维奇提心吊胆地迈进编辑部的大门坎儿(但他比进市议会厅要勇敢得多)。在一间有一股橡胶和印刷油气味的大房间里，桌旁坐着五个头发乱蓬蓬的男子。他们正在从一大堆报纸里剪下一些小方块，贴在一张纸上。

无论伊利亚·萨莫伊洛维奇怎样设法请他们告诉他小品文作者“蝎子”的信息，他们都不答应。

——请先说一说您为什么找他，——那些头发蓬乱的男子对他说道，——难道您不明白笔名的作者编辑部应该保密吗？

但是，当伊利亚·萨莫伊洛维奇向他们谈了自己朝思暮想的计划时，那些头发蓬乱的男子变得心软了，答应给布尔明保密。

萨申卡已经起不来了，她脸色苍白，直挺挺地躺在床上，瘦得鼻子都尖了起来，活像死人一般。

——想到公园去，爸爸，到公园去，我烦闷，爸爸，——她以痛苦的声音反复说道。

也许，她的病体本能地需要新鲜空气，正像一个患佝偻病的孩子不由自主地吃白垩土和石灰一样。

布尔明用力地亲吻她那一双消瘦的冰冷的小手，向她说些出人意料的动听的话，这些话听起来令人发笑。

春天到了，枯萎的天竺葵又向太阳抬起了头，然而，萨申卡却离开了。地下室的女人们给她洗了身子，穿上衣服，先放在桌上，然后装进棺材。伊利亚·萨莫伊洛维奇呆若木鸡。他没有哭，也不说一句话，苍白的小脸上眼珠一动也不动。

只是在安葬的那一天，当简单的出殡行列路过空地的时候，他才清醒了一点儿。二十几个工人拿着铁锹在空地上慢慢地弄着什么。

——他们在干什么？——伊利亚·萨莫伊洛维奇向他地下室的邻居，在市场上卖鲱鱼的雅科夫列夫娜问道：

——我怎么能知道呢？——雅科夫列夫娜噙着一大串眼泪回答道……——据说，要在这里开辟一个小公园。市议会……？

这时，伊利亚·萨莫伊洛维奇突然间断断续续叹着气，画着十字，从内心深处发出了一种抑制不住的哭声。这哭声显然减轻了他的一些痛苦。

——嘿，谢天谢地！谢天谢地！——他一边说，一边拥抱着雅科夫列夫娜。——现在我们的孩子们将会有自己的小公园啦！不然，我们是坐不起马车的，雅科夫列夫娜，是吗？这可不是开玩笑，要知道往返一次要花去四十四戈比哩！

第四篇　钢琴伴奏师

十二岁的季诺奇卡·鲁德涅瓦非常着急地跑进屋子，她的姐姐们正在两个侍女的服侍下更换衣服准备参加今天的晚会。她非常焦急，跑得上气不接下气，一绺卷发散落在前额上，脸色绯红，活像个淘气的野小子。

——小姐们，钢琴伴奏师究竟在哪里呀？我问过家中所有的人，他们谁也不知道。有的说，又没交给我管；有的说，这与我无关……我们家里人总是这样，——季诺奇卡用鞋后跟跺了一下地板，心急地说道。——总是爱瞎说，过后就互相推卸责任……

大姐莉季娅·阿尔卡季耶夫娜站在梳妆台前，侧身对着镜子，把她那迷人的裸露在外的脖子稍稍往后低下一点，微微眯缝起近视眼，把一朵月季花别到头发上。她听不得半点儿吵嚷声，对“小孩子们”总是报以冷淡、粗鲁、鄙视的态度。当她在镜子里发现季娜的影子后，极不满意地埋怨道：

——就是你把家里弄得最乱——我对你说过多少次了，叫你别像疯子似的往屋里跑，可你就是不听。

季娜不服气地蹲下来，对着镜子做了个怪相。然后她转向另一个姐姐——塔吉娅娜·阿尔卡季耶夫娜。塔吉娅娜身边一个女成衣匠正在忙乎着，仓促地给她缭着浅蓝色裙子的下摆。季娜絮絮不休地对姐姐说道：

——嘿！看见了吧，我们严肃的公主除了教训人以外什么话都不会说。塔涅奇卡，亲爱的，只有你最好……谁也不把我放在眼里，只要我一说话，别人就讥笑……塔涅奇卡，我们去吧，要知道快六点了，再过一小时松树游玩会就要开始了。

季娜只是在今年才被准许参加松树游玩会的。去年的圣诞节，也正是这个时候，她和妹妹卡佳，还有她的伙伴们被锁在儿童间里，哄她们说大厅里不举行松树游玩会，只有一些“地板打蜡工”。因此，毫不奇怪，现在当季娜得到了一种在某种程度上可以和姐姐们相比的特权的时候，心里特别激动，她忙忙碌碌，来回跑动，一刻不停地跟别人纠缠捣乱，这使鲁德涅夫全家节日里更增加了忙乱的气氛。

鲁德涅夫的家属于莫斯科最好客又最无条理、杂乱无章的家庭之一。这种家庭自古以来就住在普列斯尼亚、诺文斯基和科纽什克四郊，并因好客而使莫斯科享有慷慨好客城的盛名。鲁德涅夫家的房子属于叶卡捷琳娜时代以前的老式房子，大而旧，门前有一对狮子，宽敞的院子还有大门道，正门有结实的白色圆柱子。一年到头，从早到晚，来往客人络绎不绝，不速之客的到来真够“出人意料”：有时来的是纳罗夫恰茨基庄园或英萨尔斯基庄园上的邻居，有时来的是从来既未见过面又没听说过的远方亲戚，他们一住就是几个月。那些外貌随着年龄的增长而改变的小伙伴们，好几十好几十地来找阿尔卡沙和米佳，他们起初是普通中学或武备中学的同学，后来是军官学校或大学的同学，最后是无髭须的军官或衣着考究的过于严厉的助理律师。来拜访女孩的是那些年龄相仿的女伴们，她们从手里抱着洋娃娃来作客的卡佳的小伙伴一直到高谈马克思、土地制度和渴望读高等女子学校的莉季娅的女朋友们。节日里，每当这些愉快的充满热情的年轻人欢聚在鲁德涅夫斯基家里的时候，这个家庭就充满了一种天真幼稚富于幻想的顽皮淘气的气氛。

这些日子使仆人们陷入忙乱的苦境之中。“一般的人”能区分开来的吃茶点、早餐、中餐、晚餐的相对时间概念，在这个家庭里早已被吵闹而杂乱无章的忙碌混淆不清了。当一批人吃完中饭的时候，另一批人刚刚开始吃早点，还有一批人则整天在动物园的溜冰场上消磨时光，随身带去一包一包的夹火腿或腊肠的面包片。餐桌从来没闲下来过，餐厅从早到晚都开着。即便如此，还常常出现这种现象：半夜里，青年人从戏园里回来以后，肚子又饿了。这时，餐厅早已收拾干净，他们就派一个代表到厨房来请阿金菲奇做点“好吃的东西”。老酒鬼、烹饪能手阿金菲奇起初总是不答应，唠唠叨叨发怨言。于是，青年人就故意奉承起他来了：说什么现在莫斯科调来了名厨师，可是，他们的烹饪手艺还是不如阿金菲奇。这么一来，被吹捧得沾沾自喜的阿金菲奇让步了，一边用大拇指试着刀刃，一边故意装作严肃的样子说道：

——好吧，照你的意思办吧！……你们一共几个人，小穴鸟？

伊丽娜·阿列克谢耶夫娜·鲁德涅娃——家庭女主人——除了特别隆重盛大的宴会外，几乎从未离开过家。这位娘家姓奥兹诺此希娜的公爵的女儿、贵族和财主的最后一个孙女认为她丈夫和孩子们来往的社交界太庸俗、太粗鲁，因此她对他们也就置之不理、漠不关心，唯一消遣解闷的是拜访高僧，与像她一样的贵族后裔保持联系。其实，伊丽娜·阿列克谢耶夫娜一直在暗中痛苦地嫉妒着自己的丈夫，因为阿尔卡季·尼古拉耶维奇是全莫斯科闻名的美食嗜好者、芭蕾舞艺术的欣赏者和慷慨出手的人，他至今虽然已经五十多岁了，但还没有失去讨好漂亮女人、对她们崇拜、被她们征服的老毛病。即使现在还可以称他为美男子，他总是在剧院的戏开演十分钟之后，才在众目睽睽之下走进大剧院的观众厅。他文雅而自信，外貌庄严，仪容高贵，头发略有斑白，神气十足地昂着头。一些贵夫人频频向他点头微笑。

阿尔卡季·尼古拉耶维奇很少回家，因为他经常在英式俱乐部吃饭，晚上，倘若剧院里不表演有趣的芭蕾舞，他就在那里打起牌来。作为一家之主，他从事的唯一工作就是储存和再抵押某种不动产，不考虑由于命运的安排过着娇生惯养、无忧无虑生活的一个封建领主的未来。习惯于从早到晚在上流社会中交往的他，最喜欢家里热闹喧哗。有时他很满意交给青年人安排一种出人意料的娱乐活动，他自己也亲自参加。这多半发生在俱乐部里赢牌以后的第二天。

——年轻的共和政体的拥护者们！——他容光焕发，喜气洋洋，令人迷醉地微笑着走进客厅，说道。——你们一本正经地在那儿谈，谈得好像要睡着了。谁想和我进城去？旅途好极了：灿烂阳光、皑皑白雪、丝丝寒意。凡是患牙痛病和“世界悲伤”病的人请留在家里接受我们尊敬的奥莉姆皮阿达·萨维奇娜的监督……

派人去耶茨金叫来了三套马车，然后拼命地向特维尔斯基关卡疾驰而去，在“马弗里塔尼”，或者是“斯特列利涅”吃了中饭，很晚才回到家。当伊丽娜·阿列克谢耶夫娜厌恶地看到这种“坏风度的恶作剧”的时候，极为不满。但是，青年人无论何时都没有像在阿尔卡季·尼古拉耶维奇的带领下那样坐着马车发狂地开心娱乐。

阿尔卡季·尼古拉耶维奇每年都参加松树游玩会。这个节日不知为什么引起了他的特殊兴趣。家里任何一个人都不如他那样能给每人赠送一份各自喜爱的礼物，因此，在困难的时候，大孩子们都跑来向他请教办法。

——爸爸，我们送给科利亚·拉多姆斯基什么礼物呢？——女儿们向阿尔卡季·尼古拉耶维奇问道。——他是大孩子，最高班的中学生……可不可以送给他一个玩具。

——为什么要送玩具呢？——阿尔卡季·尼古拉耶维奇不赞同地说道。——最好送他一个漂亮的香烟盒。青年人将会对这种实惠的礼物感到高兴。现在卢库京正在出售一种很雅致的香烟盒。顺便说一下，让科利亚在我面前抽烟，别不好意思。要不像前几天，当我走进客厅的时候，他又该把香烟藏到袖筒里去了……

阿尔卡季·尼古拉耶维奇希望他家举办的松树游玩会出色些，因此常常邀请里亚鲍夫乐队参加伴奏。但是，今年关于乐队的事引起了一连串糟糕的误会。不知为什么很晚才派人去里亚鲍夫请乐队；节日里乐队分成了三个小组，并且早就被人请走了。由于和鲁德涅夫家是老相识，音乐大师本来已经答应了，可是却出现了这种意外的事，所以，只得请求另一家改变一下松树游玩会的日期，然而，不知什么原因回答得又太迟了。再当他们去别的地方请乐队的时候，整个莫斯科连一个乐队也没有了。阿尔卡季·尼古拉耶维奇生气了，吩咐人去请一位好的钢琴伴奏师，但是，是叫谁去办这些事的呢？他自己现在也记不清了。这个“谁”大概把这件事委托给另外一个人了，另一个人又委托给了第三个人，并照例传错了主人的话，而第三个人由于忙乱而把这件事给忘到九霄云外去了……

当时，十分性急的季娜在家里闹翻了天。丰腴善良且受人尊敬的女管家奥莉姆皮阿达·萨维茨娜说道，老爷确实吩咐过她，若是乐队不来就去请一位钢琴伴奏师，又说，这件事她已告诉男仆卢卡了。卢卡辩白说，他的工作是在阿尔卡季·尼古拉耶维奇身边服侍他，而不是跑遍全城去请钢琴伴奏师。像猴子一样机警伶俐的侍女杜尼亚莎是一个卖弄风骚、多嘴的女人，她经常干预每一件令人不愉快的事情，因此，她也从闺房里跑出来参与争辩。虽然没有人问到她，她却令人讨厌地管这桩闲事。逢人就激动地保证说，她能请来钢琴伴奏师，还说，若是请不来，就让雷把她就地劈死好啦。如果不是塔季亚娜·阿尔卡季耶夫娜出来圆场的话，这场争执还不知道如何收场呢。塔季亚娜是一个胖胖的快活的淡黄发女人，她性格文静，非常善于调解内讧，因此仆人们都很喜欢她。

——好了，好了！我们这样争下去，争到明天也完不了，——她以平静的略带阿尔卡季·尼古拉耶维奇般的嘲笑的声调说道。——无论如何杜尼亚莎也要立即去请一位钢琴伴奏师。杜尼亚莎，你快点穿上衣服，我给你从报纸上抄录一些地址。尽量在附近请一位来，不然会耽误松树游玩会的，因为人们马上就要汇集到这里来了。雇马车的钱你到奥莉姆皮阿达·萨维茨娜那儿去拿……

她刚刚说完这番话，前室的门铃当啷啷地响了起来。季娜飞快地向那儿跑去，迎面进来一大群孩子，他们个个笑容满面，脸蛋儿冻得通红，身上蒙了一层白雪，随后飘进来一股浓烈清新的冬季空气里才有的像新鲜苹果一样的香味。原本的两个大家庭——雷科维和马斯洛夫斯基——偶然碰到一块了，同时走到大门口。前室立即充满了谈话声、笑声、脚步声和响亮的接吻声。

门铃声一阵接一阵地不断地响了起来。进来了一群又一群的新客人。鲁德涅夫家的小姐们忙着招待他们。把大人请进客厅，把孩子们领到儿童间和食堂，以便把他们锁在那里。大厅里还没有点起灯，大型的松树游玩会在大厅中间举行，它在半明半暗中微微显出了自己神奇般迷人的轮廓，整个房间充满了树脂的芳香。松树上到处挂满了镀金的链条，还有胡桃和各种各样的硬纸板制品，路灯的光在反射着，一切都在不停地闪着微光。

杜尼亚莎还没有回来，这可急坏了灵活得像水珠一样的季娜。她一次又一次地跑到塔尼娅身边，把她领到一旁，焦急地耳语道：

——塔涅奇卡，亲爱的，现在该怎么办？……这多么难看，太不像话了！

塔尼娅本人也开始不安起来，她走到大姐跟前，低声说道：

——我也想不出什么好办法，只有请索妮娅阿姨表演一会儿了……然后，我再替她随便演点什么吧！

——那好呀，——莉季娅带着讥笑的口吻表示异议。——索尼娅阿姨以后会整年都以欠她的情为理由来使我们难堪的，而你完全不用乐队也会跳得很好。

正在这时，穿着鹿皮鞋的卢卡轻轻地迈着脚步，走到塔吉娅娜·阿尔卡季耶夫娜身旁说道：

——小姐，杜尼亚莎请您出去一会儿。

——怎么，领来了？——三姐妹异口同声地问道。

——是的，您自己去看吧，——卢卡含糊地答道。——他们在前厅……只是觉得不大合适……请吧！

杜尼亚莎站在前厅，还没有脱去落满雪花的皮大衣。在她身后，一个小人儿在黑暗的角落里不停地动着，头上戴的黄色长耳风帽已经卷了起来。

——小姐，请不要骂我，——杜尼亚莎俯身在塔季亚娜·阿尔卡季耶夫娜的耳边低语道。——让雷把我劈死吧。我到了五个地方，可连一个钢琴伴奏师也没能找到。于是我就请来了这么个小人儿，我自己也不知道是否合适。要是我说假话，叫上帝惩罚我吧。请上帝作证，他说他在晚会和婚礼上伴奏过，我怎么能够知道呢……

这时，小人儿脱去了长耳风帽和大衣。原来是一个穿着实科中学旧制服的脸色苍白面容消瘦的小男孩。他知道有人在谈论他，很是难为情，站在角落里不知如何是好，也不敢向前靠近一步。观察力敏锐的塔尼娅偷偷地向他瞟了几眼，心中暗自断定道，这个小男孩腼腆、贫穷、爱面子，自尊心很强。他的脸蛋儿并不讨人喜爱，但是富有表情，线条细而均匀；高高的前额两边一小绺卷起的蓬乱的深色头发给他增添了几分稚气，一双灰色的大眼睛——配上这样一副瘦弱的面孔显得特别地大——看起来聪明、坚强、果断，并非孩子气的严肃认真。乍看起来，这孩子有十一二岁。

塔季娅娜向他迈了几步，犹豫不决地问道：

——您说您曾经……在晚会上伴奏过？

——是，是……的，我伴奏过，——由于寒冷和胆怯，他带几分嘶哑的声音回答道。——您可能看我很小吧！……

——哟，不，完全不是这个……您可能有十三岁吧？

——十四岁。

——这当然无所谓。但是，我怕您不习惯这么隆重的……

小男孩咳嗽几声。

——啊，不，不用担心……我已经习惯这种场面了。我经常整夜整夜，几乎不间断地在晚会上伴奏……

塔尼娅用疑问的目光看了看姐姐。莉季娅·阿尔卡季耶夫娜向来以冷酷无情地对待一切畏手畏脚、屈从于权力、逆来顺受的样子而著称，她以自己平常惯用的蔑视的神色问道：

——年轻人，您会弹奏卡德里舞曲吗？

小男孩向前弯弯腰点头示意。

——会。

——华尔兹舞曲也会吗？

——会。

——可能也会波利卡舞曲吧？

这孩子突然面红耳赤，但是用持重老成的声调回答道：

——是的，波利卡舞曲也会。

——而兰谢舞曲呢？——莉季娅用一种逗弄嘲笑的腔调接下去问道。

——算了吧，莉季娅，别难为他了，——塔季亚娜·阿尔卡季耶夫娜严肃地说道。

小男孩的一双大眼睛由于生气和受到嘲弄突然发亮起来，甚至连他那紧张得难为情的姿态也骤然消失了。

——假如您想听的话，小姐，——他突然向莉季娅转过身去说道，——那么，那么，除了卡德里尔舞曲和波利卡舞曲，我还会弹奏贝多芬的全部奏鸣曲，肖邦的圆舞曲和李斯特的狂想曲。

——可能！——被这种过于自信的回答刺激了的莉季娅像舞台上的演员一样装模作样地说了一句。

小男孩把目光转向塔尼娅，他本能地意识到塔尼娅就是他的庇护人，因此，这双大眼睛流露出恳求的表情。

——请，请您允许我……弹奏点什么……

敏锐的塔尼娅明白莉季娅刺痛了小男孩的自尊心，她开始可怜起他来。而季娜高兴地拍着手，甚至跳了起来，她认为这个讨厌而傲慢的女人现在碰了一鼻子灰。

——当然，塔涅奇卡，没问题，让他弹奏吧，——季娜一再请求姐姐，突然又抓住小钢琴家的手，拉他向大厅走去，并一再重复道：——没什么，没什么……您大胆地弹吧！她会认输的……没什么，没什么。

这个微笑而腼腆的实科中学学生被季娜又拉又扯地领到大厅里来，引起了客人们的困惑不解。季娜让小钢琴家坐到活动凳子上，点燃了华美的钢琴上的蜡烛。

小钢琴家随便拿起一本厚厚的用粒状花纹书面纸包装的乐谱本。莉季娅穿着一件白色的缎子布拉吉站在门边，在客厅那无灯光的黑色背景的衬托下显得特别出众。男孩打开乐谱本后，把身子转向门，朝她问道：

——您想听李斯特的《匈牙利狂想曲》的第二乐章吗？

莉季娅轻蔑地努努嘴，没作任何回答。男孩小心翼翼地把手放在琴键上，闭了闭眼睛，刹那间，庄严雄伟的狂想曲乐声的和音在他的手指下像流水般地响了起来。人们看呆了，听傻了，整个大厅都在注视着这个小人儿是如何使乐器发出铿锵有力的豪放而悦耳的声音来。他的头在乐谱架后面隐约可见。他的脸好像是立刻变了样，变得更美丽、更明亮了；淡泊的小嘴微微地半张着，眼睛睁得更大了，显得严肃、湿润、炯炯有神。

大厅里渐渐挤满了人，连喜欢音乐并对音乐十分内行的阿尔卡季·尼古拉耶维奇也走出了自己的工作室。他走到塔尼娅身边，低声问道：

——你们是从哪儿找到这个小男孩的？

——这是位钢琴伴奏师，爸爸，——塔季亚娜·阿尔卡季耶夫娜轻轻地回答道。——真的，他弹得好吗？

——伴奏师？这么小？难道说？——鲁德涅夫很是惊奇。——你告诉他，他弹得太好了！让他大胆地无拘无束地弹奏舞曲吧！

当塔尼娅向爸爸讲述了刚才在前厅里发生的令人难堪的场面的时候，阿尔卡季·尼古拉耶维奇摇头道：

——啊！是这样……嘿，那怎么行呢！……不应当欺负他、逗弄他，让他不要有顾虑放心大胆地弹奏吧！然后我们再考虑下一步该怎么办……

当小男孩弹完狂想曲以后，阿尔卡季·尼古拉耶维奇第一个鼓起掌来，其他人也跟着鼓了起来，大厅里一片掌声。这孩子激动地从高凳子上站了起来，他的双眼在四周寻找着莉季娅，但是，她已经不在大厅里了。

——弹得好极了，亲爱的，我们太满意了，——阿尔卡季·尼古拉耶维奇温存地微笑道。他走到小音乐家身边，向他伸出手去。——我只是担心，您……怎么称呼您，我不知道。

——阿扎加罗夫，尤里·阿扎加罗夫。

——亲爱的尤罗奇卡，我担心整个晚会您都伴奏会不会累坏您的身体？假如您疲乏的话，请不要客气，直截了当地说，我们这里能够找到一位琴弹得稍差一点的人来代替您。好吧，现在随便给我们弹一支什么雄壮的进行曲吧！

在欢快悦耳的进行曲的响亮乐声的伴奏下，新年松树的蜡烛点燃了。接着，阿尔卡季·尼古拉耶维奇亲手打开了儿童间的门，一群孩子被突如其来的光亮和音乐声震惊了，一个个像石头一样呆若木鸡，变得天真而滑稽可笑。起初他们胆怯地一个接着一个地走进大厅，非常好奇地围着新年松树转来转去，向上仰起讨人喜爱的小脸蛋儿。但是，几分钟过后，当礼物被分完的时候，大厅里充满了一片喧哗声、尖叫声和儿童响亮而幸福的哈哈大笑声。孩子们确实被闪亮的灯光、树脂的芳香和五颜六色的新年礼物所陶醉。大人们无法把他们集聚到新年松树的圆圈歌舞里来，因为他们纷纷跳出圈外，时而这一个孩子，时而另一个孩子，他们跑着去拿临时放在客人面前的玩具。

季娜的爸爸非常关怀尤里·阿扎加罗夫，季娜也愿意帮助他。她亲切地微笑着跑到他的跟前。

——请给我们弹一首波利卡舞曲吧！

阿扎加罗夫弹起来了，他的眼前转动着白色的、天蓝色的和玫瑰色的布拉吉、短裙子，裙子下面时常飞快地闪露出白色的带花边的女衬裤。长着淡褐色头发和黑色头发的小脑袋也时常在他眼前转来转去。他一面伴奏，一面倾听着无数双脚合着音乐的节拍而发出的均匀的沙沙声响。突然，整个大厅发生了一阵不平常的骚动，他把头转向入口处。

他边弹边瞧着，发现走进大厅的是一位渐近老境的先生，像有魔力似的，所有在场的人的目光一下子集中到他的身上。他中等偏高的个子，身材很魁梧，但并不胖。他举止文雅，漫不经心，同时又具有贵族所特有的威严。显然，此人无论在小客厅里，也无论在成百上千人的面前，还是在王宫的宫殿里，都很随便。给人印象最深的是他那张脸——一张看一眼就令人终生难忘的脸：四方型的前额上遍布着森严的、几乎是愤怒的皱纹；上眼皮的皱纹悬吊在眼窝上，一双深陷在眼窝里的眼睛带着不满意的神色吃力而疲倦地向四周张望着；两片刮光的窄嘴唇用力紧闭着，显示出他钢铁般的意志和坚定性；向前突出来的下颌使他的脸具有一种威风凛凛的气概和坚忍不拔的精神。总的印象是那漫不经心地被梳到后面去的浓厚的长发使他的面容变得更加神气和精神。

尤里·阿扎加罗夫心里盘算着，刚刚进来的客人大概是位很重要的人物，因为当他在容光焕发的阿尔卡季·尼古拉耶维奇的陪伴下走进大厅的时候，甚至那些渐近老境的过分拘礼的太太们都以恭恭敬敬的微笑来迎接他。对在场的人点了几下头之后，他和鲁德涅夫一起走进了工作室，但是尤里却听到好像他边走边向请求过他的主人说些什么。

——我最亲爱的阿尔卡季·尼古拉耶维奇，请不要再说请。您知道，因为拒绝而使您伤心我是多么痛苦呀……

——那么，哪怕是什么东西也行，安东·格里高利耶维奇。为了我和我的孩子们，这将永远是历史性事件，——主人继续请求道。

这时，人们请尤里弹华尔兹舞曲，为此，他没有听见被称为安东·格里高利耶维奇的人回答些什么。他轮流弹奏了华尔兹舞曲、波利卡舞曲、卡德里尔舞曲，但是，他心里却老在想着这位不同寻常的客人那副威严的面孔。尤其当他觉得有人在盯着他的时候，他向右转过身来，发现安东·格里高利耶维奇正在仔细地看着他，并听着鲁德涅夫对他小声说些什么，这一切都使得尤里感到惊奇，甚至害怕。

尤里明白他们正在谈论着他，所以不好意思地扭过脸去。此刻，他像成年人一样正回味自己当时的心情，他的耳旁响起了安东·格里高利耶维奇那严肃的似乎带点命令式的声音：

——请再弹一次《狂想曲》的第二乐章！

他弹起来了，起初有些胆怯，没有信心，甚至比第一次弹得还差些，但是，他后来渐渐恢复了平静，鼓足了勇气，来了灵感。一位威风凛凛的不同寻常的人物在场的情况下，不知为什么一种音乐家的激情忽地充满了他的心房，使他的手指变得特别灵活，非常听使唤。他自己觉得一生中从来没有像现在这样弹得自如，或者说，没有像现在这样感情是如此充沛，精神是如此饱满。

尤里没有注意到安东·格里高利耶维奇皱着眉头的前额是怎样渐渐舒展开来的，他那严肃的表情是怎样渐渐变温和的，但是，当他在客人们暴风雨般的掌声中弹完后，转过身来的时候，那位尊敬的客人已经不在了。这时，阿尔卡季·尼古拉耶维奇·鲁德涅夫令人纳闷地扬起了眉毛，意味深长地微笑着向他走了过来。

——原来是这么回事！亲爱的阿扎加罗夫，——阿尔卡季·尼古拉耶维奇悄悄地说起来，——请接下这个小信封，藏到口袋里，别掉了，里面有钱。您现在就到前室去穿上衣服。安东·格里高利耶维奇要送您。

——我本来能够整夜伴奏呀，——孩子不同意地答道。

——嘘！……——鲁德涅夫闭上了眼睛。——难道您不认识他吗？难道您就没有猜到他是谁吗？

尤里有些莫名其妙，越来越惊奇地瞪圆了他那一双大眼睛。这个奇怪的人，他究竟是谁呢？

——亲爱的，这就是鲁宾斯坦。明白吗，安东·格里高利耶维奇·鲁宾斯坦！① 我亲爱的，我衷心地祝贺您，并为您高兴的是，您在我们的松树游玩会上完全是偶然地碰上了这种令人兴奋的事。他对您的弹奏深感兴趣……

穿着破旧制服的实科中学学生早已作为一位最有天才的作曲家闻名于全俄罗斯了，然而，那位有一副严肃面孔的不寻常的客人却已离开人间，永远地安息了。阿扎加罗夫从来没向任何人谈起过那些神圣的话语，他的伟大的导师在那个寒冷的圣诞节之夜和他一起乘坐雪爬犁走路的时候向他叮嘱的那些神圣的话语。

① 安东·格里高利耶维奇·鲁宾斯坦（1829—1894），俄国钢琴家、作曲家，曾先后就学于莫斯科、柏林等地，毕生不断往返于俄国及欧洲各国，从事演出和创作。他对俄罗斯和西方钢琴表演艺术的发展有很大影响。他的主要作品有歌剧《恶魔》、《第四（A 小调）钢琴协奏曲》、声乐套曲集《波斯恋歌》等。

第五篇　象

I

小女孩生病了，米哈伊尔·佩特罗维奇医生几乎每天都来看她。有时他还带来两位不熟识的医生。他们翻过女孩的背部、腹部，把耳朵贴在上面，认真地听着；又翻开女孩的下眼皮，仔细地看着。此刻，只听见断断续续的呼吸声，医生们的表情是严肃的，他们用别人不懂的语言相互交谈着。

然后，他们从女孩的卧室走进了客厅，女孩的妈妈正在等着他们。主治医生——高高的个子，头发斑白，戴着一副金丝眼镜——向她长时间严肃地说着什么。门没关，这一切女孩在床上都能看到，听到，但是，很多东西她都听不懂，只知道是谈论她。妈妈用无力的带着泪痕的眼睛看着医生。临别时，主治医生大声说道：

——主要的是别让她忧闷。一定要满足她的每一个要求。

——哎呀，医生，她什么都不要啊！

——那么，你想一想，她从前，生病前，喜欢些什么。玩具……什么好吃的东西……

——不，不，医生，她什么都不要……

——那么，要尽量使她高兴……不管用什么办法……告诉你一句实话吧，如果你能逗她笑，使她开心，就是灵丹妙药。你要明白，你的女儿对一切都很冷淡，心中烦闷，对生活感到厌倦，此外，再没有什么病……再见吧，太太！

II

——亲爱的娜佳，我的乖女儿，——妈妈说道，——你想要点儿什么？

——不，妈妈，我什么都不要。

——我把你所有的布娃娃都放到你的小床铺上，好吗？我们把小安乐椅、小沙发、小桌子和小茶具都摆上。让布娃娃喝茶，谈谈天气，谈谈孩子的健康情况，好吗？

——谢谢，妈妈……我不想……我烦闷……

——那么，好吧，我的女儿，不要布娃娃，也许，你想把卡佳和热涅奇卡叫来吧？你很喜欢她们，是吗？

——不，妈妈。真的，不想。我什么，什么都不想。我太烦啦！

——我给你拿点巧克力，好吗？

女孩没有回答，只是发呆，忧闷，目不转睛地盯着天花板。她哪儿也不痛，又不发烧，但却一天一天地消瘦了，身体变得虚弱了。无论给她什么，她都不要。她整天整夜呆滞地躺在床上，有时，微睡半小时，却常梦见一种长长的灰色的令人心烦的东西，又好像是秋雨。

有时，她卧室通向客厅的门开了，客厅通向书房的门也开了，她看见了爸爸。爸爸在屋里沉思地走来走去，一支烟接一支烟地抽着。他时常走进女孩的房间，坐在小床边，轻轻地抚摸着娜佳的小脚，然后，突然站起来，走到窗前。他用口哨吹着什么，望着大街，抖动着肩膀。随后他急急忙忙地把手帕按在一只眼睛上，接着又按在另一只眼上，好像生气似地又走回自己的书房。他照旧在屋里走来走去，一支烟又接着一支烟……整个房间烟雾弥漫，一片呛人的蓝烟。

Ⅲ

一天早晨，当女孩醒来的时候，显得比平时精神饱满些。她梦见了什么，但是无论如何也想不起究竟是什么，便久久地留心地注视着妈妈的眼睛。

——你要点什么？——妈妈问道。

她突然想起来，便悄然神秘地说道：

——妈妈……我要……大象。只是不要画上的那种……可以吗？

——当然，我的女儿，当然可以。

她走进书房，告诉丈夫女儿要大象。他立刻穿好大衣，戴上帽子，走了出去。半小时后，他拿着一个可爱的红色玩具回来了。这是一头摇头晃尾的灰色大象；背上装着红色的鞍子，上面有金色的篷子，里面坐着三个小人儿。但是女孩像看天花板和墙壁一样冷淡地看着玩具，萎靡不振地说道：

——不，这完全不是那种……我想要真象，活象，而不要死象。

——你看呀，娜佳，——爸爸说道。我们马上开动它，它就会像活的一样。

用钥匙开动了机器，象就摇头晃尾开始一步一步地在桌子上慢慢地走动。女孩对它完全不感兴趣，甚至很讨厌，但是，为了不使爸爸伤心，便温和地低声说道：

——我非常感谢你，亲爱的爸爸。我想谁也不会有这么好的玩具……只是……还记得吗？……你早就答应我，从动物园牵一头真象回来……可一次也没牵来……

——哎呀，我亲爱的女儿，你要明白，这是办不到的。象很大很高，能高到天花板，我们的房子容不下……我把它弄到哪儿去呢？

——爸爸，我不要这么大的……你给我牵来哪怕是一头小象，只要是活的就行。只要是这样的……哪怕是一头小象崽……

——亲爱的女儿，我很高兴为你做一切事情，但这件事我无能为力。哪怕你突然对我说：爸爸，我要太阳。

小女孩忧郁地微笑着。

——你多么傻呀，爸爸！难道我不明白太阳是够不着的吗？它烫人刺眼，而月亮也是一样。不，我要一头小象……真正的小象。

她轻轻地闭上眼睛，小声地说道：

——我太乏了……原谅我，爸爸……

爸爸抓一抓自己的头发，跑回屋去。焦急地来回走动着，然后果断地把没有抽完的烟扔到地上(为此事他受到妻子的责骂)，向女佣人喊道：

——奥莉加！大衣和帽子拿来！

妻子走进前厅。

——你上哪儿去，萨沙？——她问道。

他深深地叹了一口气，扣上大衣扣子。

——玛申卡，我自己也不知道上哪儿去……只是，好像，今天晚上才能回来，一定要牵回一头真象来。

妻子不安地望着他。

——亲爱的，你是不是病了？头脑不正常？也许你没睡好？

——不，我睡得很好，——他生气地回答道。——我想你还会问我是不是疯了？暂时还没有。再见！晚上一切都会看到的。

他砰地一声关上门走了。

Ⅳ

两小时后，他坐在动物园的头一排椅子上，观看那些受过训练的动物如何根据主人的命令要弄着各种各样的玩意儿。聪明的狗跳着，翻着筋斗，在音乐的伴奏下舞蹈，把硬板纸上的一些字母合成单词。一些穿着红裙子的猴子在踩钢丝，另一些穿着蓝裤子，大模大样地骑着狮子狗。棕黄色的大狮子跳过一个又一个的火圈。笨拙的海豹在用手枪射击。最后，大象被牵了出来。总共三头：一头大的，两头小的。即使是小的，也比马大很多。令人奇怪的是，这些看起来非常笨重的大动物竟然能玩这么难的把戏，即使是一个最灵活的人也难做到。最大的一头象特别惹人注目。它一开始用后脚掌直立，坐在地上，再用头倒立，四脚朝天，然后在滚动着的大木桶、木瓶子上滚来滚去，用长鼻子翻动着大型硬板纸书的页子，最后，它坐在桌旁，围上餐巾吃饭，完全像一个彬彬有礼的孩子。

表演结束了，观众散了。娜佳的父亲走到动物园老板，一位胖胖的德国人的身边。他站在木板间壁的后面，嘴里叼着一支黑色的大雪茄烟。

——对不起，请原谅，——娜佳的父亲说道。——您能把一头象牵到我家去待一段时间吗？

德国人惊奇地睁大眼睛，张开了嘴，雪茄烟立即掉到了地上。他呼哧呼哧地弯腰拾起烟，又把它放进嘴里，断断续续地说道：

——牵走？一头象？牵回家？我不明白你的意思。

从德国人的眼神里可以看出，他试图想问一问娜佳父亲的头脑是否正常……但是，娜佳的父亲却急急忙忙地解释事情的缘由：他唯一的女儿娜佳害了一种连医生也弄不清楚的怪病。她躺在床上一个多月了，身体日渐消瘦，变得越来越虚弱，对什么都不感兴趣，非常忧闷，长此下去会无声无息地死去。医生嘱咐要想方设法使她快活，要满足她的一切要求，可她什么都不想要；她任何要求都不提。今天她却突然想起来要看活象，难道这真的就不可能办到吗？

他抓住德国人的大衣纽扣用颤抖的声音补充道：

——这就是事情的经过……我当然希望我的女儿渐渐好起来。但是……求上帝保佑……她的病会突然恶化的……孩子会突然死去的！……只要一想到我没有满足她最后的要求，我会痛苦一辈子的！……

德国人皱着眉头，用小指头搔左眉毛，陷入沉思中。他终于问道：

——嗯……你的女儿几岁了？

——六岁。

——嗯……我的莉扎也六岁了。嗯……但是，要知道，你要花很多钱。今天夜晚牵去，明天夜晚必须送回。白天可不行，要准备表演，不然就糟糕了……就会白白失掉一整天，你就必须赔偿我的损失。

——噢，当然，当然……这您不要担心……

——那么，警察局是否允许把一头象牵进家去呢？

——我有办法，会允许的。

——还有一个问题：你家的主人是否允许把象牵进家呢？

——会的。我就是一家之主。

——啊！这很好。那么还有：你住在几楼？

——二楼。

——嗯……这就难办了……你家里是否有宽宽的楼梯、高高的天花板、大大的房间、又宽又大的门、十分结实的地板？要知道我的托米有三俄尺四俄寸高，四俄尺长。此外，它重一百一十二普特。

娜佳的父亲沉思了一会儿。

——那么，行吗？——他说道。——现在就去我家看看现场。假如需要，我让他们把门加宽。

——很好！——动物园的老板同意道。

V

晚上，一头象来病孩家做客。

它身上披着白被子，在街道的正中心大摇大摆地走着，晃着脑袋，长长的鼻子时而卷起来，时而伸出去。天色虽已很晚，它身边仍然跟着一大群人。但是，它毫不在乎，因为它每天在动物园里都看见许许多多的人。只有一次它有点生气。

一个流浪街头的男孩子跑到它的腿跟前，为了开心取乐向那些好看热闹的人做鬼脸出怪相。

当时象不慌不忙地用鼻子卷起他的帽子，甩进旁边钉满钉子的围墙里。

一个警察走进人群中，向他们劝说道：

——先生们，请散开吧！你们干吗要逗弄这种罕见的东西呢？真奇怪！从没见过活象大摇大摆地走在街上。

来到家门口。要同走平路一样，一直通向餐厅去的楼梯上所有的门都要大开着，这就必须用槌子打掉全部门闩鼻子。正像有一次把一个特大的有灵的圣像抬进房里来所发生的事情一样。

但是，在楼梯前象有些惊慌地站住了，耍起拗脾气来。

——要给它吃点什么好吃的……——德国人说道。——比如甜面包或其他的东西……喔……托米！……哎哎……托米！

娜佳的父亲跑到隔壁的面包铺买了一个圆形的阿月浑子大蛋糕。象本想把它连硬纸盒一块吞掉，但是德国人只给了它整个蛋糕的四分之一。蛋糕正合托米的口味，它又伸出长鼻子去接第二块。这时德国人要了个滑稽手腕，他手里拿着蛋糕，一级梯阶一级梯阶地向上走，象伸长了鼻子，呼扇着两只大耳朵，不由自主地跟在他的后面。到了楼梯台上，托米才得到了第二块。

就这样一直把象引到餐厅，在那里全部家具早已被搬走了，地上厚厚地铺上一层干草……象的一条腿拴在旋进地板里的铁环上。一些新鲜的胡萝卜、白菜、芜菁……放在它的前面。德国人躺在它旁边的沙发上。灯熄了，开始睡觉了。

VI

第二天刚一亮女孩就醒了，睁开眼睛就问道：

——象呢？来了吗？

——来了，——妈妈回答道，——但是她让娜佳先洗脸，再吃煮鸡蛋，喝热牛奶。

——它善良吗？

——善良。吃吧，孩子。我们马上去看它。

——它可笑吗？

——有一点。快穿上棉大衣吧！

鸡蛋吃完了，牛奶喝光了。娜佳被抱进她婴儿时代坐过的小车里，被推进了餐厅。

原来象比她在画书上看到的要大得多。体高略微比门低一些，体长几乎占了半个餐厅。它的皮粗糙且有浓重的皱褶。腿像柱子一样粗。长长的尾巴像掸子似地在后面吊着。大耳朵像牛蒡叶似地向下耷拉着。眼睛虽小，但却慈善有神。牙被截短了。鼻子像一条长蛇，鼻端有两个指状凸起。假如它把鼻子全伸开，大概能够到餐厅的窗户。

女孩一点也不害怕，仅仅对这庞然大物感到惊讶。但是，十六岁的小保姆波利亚却吓得叫起来。

象的主人，那位德国人走近小车说道：

——早晨好，小姐。请不要怕。托米很善良，喜欢孩子。

女孩向德国人伸出苍白的小手。

——您好！您近来怎么样？

——她回答道。——我一点也不怕。它叫什么名字？

——托米。

——您好，托米！——女孩向它点头说道，因为象是这样庞大，所以她不敢对它说“你”这个字。——夜里您睡得好吗？

她向它伸出手去，象也慢慢地卷起鼻子轻轻触摸着女孩细小的手指，它的动作比米哈伊尔·佩特罗维奇医生还要轻柔，还要亲切。它摇晃着脑袋，一对小眼睛笑眯眯地挤到一起。

——它什么都明白吗？——女孩向德国人问道。

——是啊，什么都明白，小姐！

——那么，它只是不会说话吗？

——是的，只是不会说话。你知道吧，我也有一个女儿，跟您一般大，她叫莉扎。托米和她是非常好的朋友。

——而您，托米，喝茶了吗？——女孩向大象问道。

——象又伸出长鼻子，对着女孩的脸吹了一口热气，女孩稀疏的头发立即飘散开来。

娜佳拍着手哈哈大笑起来。德国人也以深厚的男低音发出了笑声。他本人也如同象一样高大、肥胖、善良，因此，娜佳认为他们俩很相像，可能是亲戚。

——不，他不喝茶，小姐，可他很爱喝糖水，也喜欢吃甜面包。

一托盘甜面包送来了，女孩热情地宴请自己的新朋友。它灵活地用鼻子抓起一个面包，然后鼻子卷成环形，把面包送进了令人发笑的三角形的毛茸茸的嘴里。紧接着托米又吃了第二个、第三个、第四个、第五个，并摇晃着脑袋表示感谢，它的一双小眼睛满意地眯成一条缝。女孩高兴得哈哈大笑起来。

当所有的面包吃完后，娜佳又向它介绍自己的布娃娃：

——请看，托米，这个打扮得漂亮的娃娃是索尼娅。她很善良，但是有点调皮，不爱喝汤。而这个娜塔莎是索尼娅的女儿，她已经开始上学了，几乎认识全部字母。而这个是玛特寥什卡，是我最早的一个布娃娃。您看，她没有鼻子，头被粘上了，头发也少了。但是，无论如何也不能把老太婆赶出门啊！您说对吗？托米！她从前是索尼娅的妈妈，而现在是我们的炊事员。好吗？让我们一起玩玩吧，托米：您装爸爸，我当妈妈，而这些布娃娃都是我们的孩子。

托米同意了，它笑着，抓起玛特寥什卡的脖子，送进了自己的嘴里，但这仅仅是开个玩笑。它轻轻地嚼一嚼，又把它放到女孩的膝盖上，布娃娃真的有点湿、有点皱。

然后，娜佳给它看大画书，并解释道：

——这是马，这是金丝雀，这是枪……这是鸟笼子，这是桶、镜子、炉子、铲子，乌鸦……而这，您看，是大象！真的，一点也不像。难道大象这么小，托米？

托米也认为世界上从来没有这么小的象。它不喜欢这幅画，就抓起它的一角，翻过去。

吃饭时间到了，但是，女孩无论如何也不愿离开托米。这时，德国人只好来帮忙说：

——由我来解决这件事，就让他们一块吃吧！

他让象坐下，它就顺从地用力往下一坐，房里的地板立刻咚的一声，碗橱里的餐具也叮当作响，下边住户天花板上的一块灰泥随机散落下来。女孩在它的对面坐下，中间放上一张桌子。象的脖子系上餐巾，新朋友们开始吃饭了。女孩吃肉饼和鸡汤，象吃各种蔬菜和沙拉。他们给女孩送来了一小杯赫列斯酒，给象送来掺有一大杯罗姆酒的热水，它满意地用鼻子从钵子里吸起这种饮料来。然后他们又吃些甜食：女孩——一小碗可可，象——半个核桃仁大蛋糕。这时，德国人如同象一样高兴地和爸爸一起坐在客厅里，喝着啤酒，好多好多的啤酒。

饭后，爸爸的一些熟人来了，为了不让他们受惊，之前就预先告诉了他们。起初他们不相信，后来，他们看见托米后，紧靠在门上不敢动。

——别害怕，它善良、温顺！——女孩安慰他们说。

但是，熟人们慌慌忙忙走进客厅，坐了不到五分钟就离开了。

黄昏降临，天色已晚，女孩该睡觉了，可是，无论如何她也不愿离开这里。她就这样睡在象的身边，最后被抱回卧室。这时，她甚至连给自己脱衣服的声音都没听到。

这一夜，娜佳梦见她和托米结了婚，他们生了很多孩子——活泼快乐的小象崽。夜里被送回动物园的象也梦见了可爱温柔的小女孩，还梦见了大蛋糕、核桃仁蛋糕和阿月浑子蛋糕，像领口一样大……

早晨，女孩醒来的时候，显得精神抖擞、容光焕发。就像从前健康的时候一样，在房里大声地不耐烦地喊叫着：

——牛……奶……！

——听见这种喊叫声后，妈妈高兴地在自己卧室里祈祷。

女孩又想起了昨天的事，问道：

——象呢？

有人向她解释说，象回家办事去了，它也有孩子，不能把它们扔下不管。又说，象请求代它向娜佳问好，并期待着娜佳早日康复，去它家做客。

小女孩狡猾地一笑，说道：

——请转告托米，我已经完全好了！

第二部

俄汉对照版小说

ЧУДЕСНЫЙ ДОКТОР

Следующий рассказ не есть плод досужего вымысла. Все описанное мною действительно произошло в Киеве лет около тридцати тому назад и до сих пор свято, до мельчайших подробностей, сохраняется в преданиях того семейства, о котором пойдет речь. Я с своей стороны лишь изменил имена некоторых действующих лиц этой трогательной истории да придал устному рассказу письменную форму.

—Гриш, а Гриш! Гляди-ка поросенок-то… Смеется… Да-а. А во рту-то у него! .. Смотри, смотри… травка во рту, ей-богу, травка! .. Вот штука-то!

И двое мальчуганов, стоящих перед огромным, из цельного стекла, окном гастрономического магазина, принялись неудержимо хохотать, толкая друг друга в бок локтями, но невольно приплясывая от жестокой стужи. Они уже более пяти минут торчали перед этой великолепной выставкой, возбуждавшей в одинаковой степени их умы и желудки. Здесь, освещенные ярким светом висящих ламп, возвышались целые горы красных крепких яблоков и апельсинов; стояли правильные пирамиды мандаринов, нежно золотившихся сквозь окутывающую их папиросную бумагу; протянулись на блюдах, уродливо разинув рты и выпучив глаза, огромные копченые и маринованные рыбы; ниже, окруженные гирляндами колбас, красовались сочные разрезанные окорока с толстым слоем розоватого сала… Бесчисленное

第一篇　神奇的医生

这个故事不是随意虚构出来的。我所描写的全部内容真实地发生在三十年前的基辅，至今还是神奇的，甚至连那些最小的细节还保留在将要谈到的那个家庭的传说中。我个人只不过变动了一下这个生动故事中某些角色的名字，把这个民间故事用文字记载下来。

——格里什，格里什呀！看啊，小猪……在开玩笑……哈哈，哎呀！啊，它的嘴里！……看啊，看……嘴里的草，天啊，草！……这个家伙！

两个可爱的小男孩站在美食店镶着整块玻璃的大橱窗前，止不住地哈哈大笑起来，侧着身子相互碰着胳膊肘，但是由于寒冷双脚不由自主地像跳舞般地跺着。他们已经在这五光十色的橱窗前站了五分多钟了，这橱窗激起了他们的食欲，刺激着他们的心房。这里，吊灯明亮的光照得如同白昼，鲜红的苹果和橙子堆积如山；一堆堆摆布匀称呈三角锥形的橘子，透过包装纸发出金黄色的光泽；熏制和醋渍的大鱼张着嘴，瞪着眼，难看地躺在盘子里；一串一串的香肠，整块整块的被切开了的鲜火腿，火腿肠上有厚厚一层淡红色的肥油……众多的盛着咸的、煮熟的和熏制食品的小罐子和小盒子构成了这幅琳琅满目，令人心醉的画面。两个男孩儿瞧着这些，一下子忘了零下十二度的严寒，忘了母亲交给他们的重要事情——一件令人伤心的没有办成的事情。

множество баночек и коробочек с солеными, вареными и копчеными закусками довершало эту эффектную картину, глядя на которую оба мальчика на минуту забыли о двенадцатиградусном морозе и о важном поручении, возложенном на них матерью, —поручении, окончившемся так неожиданно и так плачевно.

Старший мальчик первый оторвался от созерцания очаровательного зрелища. Он дернул брата за рукав и произнес сурово:

— Ну, Володя, идем, идем... Нечего тут...

Одновременно подавив тяжелый вздох (старшему из них было только десять лет, и к тому же оба с утра ничего не ели, кроме пустых щей) и кинув последний влюбленно-жадный взгляд на гастрономическую выставку, мальчуганы торопливо побежали по улице. Иногда сквозь запотевшие окна какого-нибудь дома они видели елку, которая издали казалась громадной гроздью ярких, сияющих пятен, иногда они слышали даже звуки веселой польки... Но они мужественно гнали от себя прочь соблазнительную мысль: остановиться на несколько секунд и прильнуть глазком к стеклу.

По мере того как шли мальчики, все малолюднее и темнее становились улицы. Прекрасные магазины, сияющие елки, рысаки, мчавшиеся под своими синими и красными сетками, визг полозьев, праздничное оживление толпы, веселый гул окриков и разговоров, разрумяненные морозом смеющиеся лица нарядных дам — все осталось позади. Потянулись пустыри,

大点儿的孩子率先不再去看这种令人眼花缭乱的橱窗，他拉起弟弟的衣袖严肃地说道：

——好啦，瓦洛嘉，走吧，走吧……在这儿有什么用……

两个孩子同时深深地叹了一口气(大孩子只有十岁，况且，从早晨起两人除了青菜汤外什么都没有吃)，向美食店的橱窗投去了最后一线醉心贪婪的目光，就急急忙忙沿着大街跑去了。路上，有时他们透过某所房子蒙上一层水气的窗户看到了新年松树，在那儿闪动着一大串一大串明亮发光的斑点；有时他们甚至能听到愉快的波利卡舞曲的乐声……但是他们勇敢地驱走了诱人的念头：停了几秒钟，小眼睛再看一看玻璃窗。

当孩子们在街上走的时候，街道变得越来越暗，人越来越少。漂亮的商店、闪亮发光的新年松树、在蓝色和红色的网子里飞奔的大走马、滑道的尖叫声、人群里愉快的谈笑声和喧哗声、打扮漂亮的太太们被寒冷冻得绯红的笑脸……这种种节日的热闹场面都远远地落在后面了。展现在眼前的是荒野、弯曲狭窄的小路、漆黑一片的坡地……他们终于来到了一所破旧房子——独家住宅前。

кривые, узкие переулки, мрачные, неосвещенные косогоры… Наконец они достигли покосившегося ветхого дома, стоявшего особняком; низ его — собственно подвал — был каменный, а верх — деревянный. Обойдя тесным, обледенелым и грязным двором, служившим для всех жильцов естественной помойной ямой, они спустились вниз, в подвал, прошли в темноте общим коридором, отыскали ощупью свою дверь и отворили ее.

这所房子的底部——其实是地下室——是用石头砌成的，上部是木头的。绕过小小的肮脏的被冰冻住了的院子(实际上是所有住户的天然泔水坑)，他们走进了地下室。在黑暗中穿过公共走廊，用手摸到了自己的家门，推开了它。

Уже более года жили Мерцаловы в этом подземелье. Оба мальчугана давно успели привыкнуть и к этим закоптелым, плачущим от сырости стенам, и к мокрым отрепкам, сушившимся на протянутой через комнату веревке, и к этому ужасному запаху керосинового чада, детского грязного белья и крыс — настоящему запаху нищеты. Но сегодня, после всего, что они видели на улице, после этого праздничного ликования, которое они чувствовали повсюду, их маленькие детские сердца сжались от острого, недетского страдания.

梅尔察洛夫一家在这个地下室里已经住下一年多了。两个孩子早已习惯了这些熏黑了的由于潮湿而布满了水珠的墙壁，习惯了晾在牵过整个房间的绳子上的潮湿的破烂衣服，习惯了可怕的煤油烟味，习惯了小孩的肮脏衣服和跑来跑去的大老鼠的气味——真正赤贫的气味。可是今天，当他们在街上看到了节日的热闹场面，人们的欢声笑语，商店里的琳琅满目的橱窗后，他们幼小的心灵受到了极大的刺激，感到了极端的痛苦。

В углу, на грязной широкой постели, лежала девочка лет семи; ее лицо горело, дыхание было коротко и затруднительно, широко раскрытые блестящие глаза смотрели пристально и бесцельно. Рядом с постелью, в люльке, привешенной к потолку, кричал, морщась, надрываясь и захлебываясь, грудной ребенок. Высокая, худая женщина, с изможденным, усталым, точно почерневшим от горя лицом, стояла на коленях около больной девочки, поправляя ей подушку и в то же время не забывая подталкивать локтем качающуюся

角落里，一张肮脏的宽床上，躺着一个七岁左右的女孩。她在发烧，呼吸短促而艰难，目不转睛地盯着墙壁。在床旁边，吊在天花板底下的摇篮里，一个吃奶的婴儿上气不接下气地拼命啼哭着。一个瘦骨嶙峋的高个子女人，显得特别痛苦而疲倦，满面愁容地跪在生病女孩的身旁，给她整理着枕头，同时还用胳膊肘轻轻地推晃着摇篮。当两个男孩走进来的时候，一股白色的寒气也紧跟在他们的身后神速地侵入地下室，女人把焦急不安的脸转向后边。

колыбель. Когда мальчики вошли и следом за ними стремительно ворвались в подвал белые клубы морозного воздуха, — женщина обернула назад свое встревоженное лицо.

— Ну? Что же? — спросила она отрывисто и нетерпеливо.

Мальчики молчали. Только Гриша шумно вытер нос рукавом своего пальто, переделанного из старого ватного халата.

— Отнесли вы письмо?.. Гриша, я тебя спрашиваю, отдал ты письмо?

— Отдал, — сиплым от мороза голосом ответил Гриша.

— Ну, и что же? Что ты ему сказал?

— Да все, как ты учила. Вот, говорю, от Мерцалова письмо, от вашего бывшего управляющего. А он нас обругал: « Убирайтесь вы, говорит, отсюда... Сволочи вы...»

— Да кто же это? Кто же с вами разговаривал?.. Говори толком, Гриша!

— Швейцар разговаривал... Кто же еще? Я ему говорю: «Возьмите, дяденька, письмо, передайте, а я здесь внизу ответа подожду». А он говорит: « Как же, говорит, держи карман... Есть тоже у барина время ваши письма читать...»

— Ну, а ты?

— Я ему все, как ты учила, сказал: «Есть, мол, нечего... Матушка больна... Помирает...» Говорю: « Как папа место найдет, так отблагодарит вас, Савелий Петрович, ей-богу, отблагодарит». Ну, а в это время звонок как зазвонит, как зазвонит, а он нам и говорит: «Убирайтесь скорее отсюда к черту! Чтобы духу вашего здесь не было! ..» А Володьку даже по затылку ударил.

——喂，怎么样啊？——她断断续续地、不耐烦地问道。

两个孩子默不作声，只有格里什用大衣袖子哧哧地擦着鼻子，这件大衣是用旧棉袍改做的。

——你们把信送到了吗？……格里什，我在问你，把信送到了吗？

——送到了，——格里什用因寒冷而嘶哑的声音回答道。

——嗯，怎么样？你对他说些什么？

——你所教的那一切。我说：“这是梅尔察洛夫的信，您过去的管家。”可他把我们骂了一顿：“你们滚开，——他说道。——从这儿滚出去……你们这帮流氓……”

——这是谁？跟你们说话的到底是谁？……说清楚，格里什！

——看门人说的……还能是谁呢？我对他说：“叔叔，把信收下吧，给转一下，我就在底下等回信。”而他说：“怎么？你休想……老爷哪有时间读你们的信……”

——那，你呢？

——你告诉的我都对他说了：“没什么吃的……玛舒特卡病了……快死了……”我又说：“只要爸爸找到工作，就会酬谢您的，萨韦利·佩特罗维奇，真的会酬谢的。”就在这时，铃声响起来了，响起来了。他对我们说：“快点从这儿滚开！你们马上离开这里！……”还敲了一下瓦洛季卡的后脑勺。

— А меня он по затылку, — сказал Володя, следивший со вниманием за рассказом брата, и почесал затылок.

Старший мальчик вдруг принялся озабоченно рыться в глубоких карманах своего халата. Вытащив, наконец, оттуда измятый конверт, он положил его на стол и сказал:

— Вот оно, письмо-то...

Больше мать не расспрашивала. Долгое время в душной, промозглой комнате слышался только неистовой крик младенца да короткое, частое дыхание Машутки, больше похожее на беспрерывные однообразные стоны. Вдруг мать сказала, обернувшись назад:

— Там борщ есть, от обеда остался... Может, поели бы? Только холодный, — разогреть-то нечем...

В это время в коридоре послышались чьи-то неуверенные шаги и шуршание руки, отыскивающей в темноте дверь. Мать и оба мальчика — все трое даже побледнев от напряженного ожидания — обернулись в эту сторону.

Вошел Мерцалов. Он был в летнем пальто, летней войлочной шляпе и без калош. Его руки взбухли и посинели от мороза, глаза провалились, щеки облипли вокруг десен, точно у мертвеца. Он не сказал жене ни одного слова, она ему не задала ни одного вопроса. Они поняли друг друга по тому отчаянию, которое прочли друг у друга в глазах.

В этот ужасный роковой год несчастье за несчастьем настойчиво и безжалостно сыпались на Мерцалова и его семью. Сначала он сам заболел брюшным тифом,

——真的，他敲了我的后脑勺，——留心听哥哥述说的瓦洛嘉说道，并搔着后脑勺。

大孩子突然担心地在自己棉袍的深口袋里乱翻起来。他终于从里面掏出一个揉皱了的信封，把它放在桌上，说道：

——这是信……

母亲不再详细打听了，在这间不通风的憋闷的屋子里长时间只听见婴儿的啼哭声和玛舒特卡的短促而频繁的呼吸声，这声音很像是连续不断的单调的呻吟。母亲突然转过身来说道：

——那里有红甜菜汤，午饭剩下来的……大概，还能吃吧？只是太凉了，——没有柴火热一热……

正在这时，走廊里传来了某人迟疑的脚步声和在黑暗里用手摸门的沙沙声。母亲和两个男孩——三个人由于紧张地等待脸色显得有些苍白——都同时转向这一边。

进来的是梅尔察洛夫。他穿着单大衣，戴着单毡帽，没有穿深筒皮靴。他的两只手冻得又肿又青，眼睛陷下去了，面颊紧贴在牙床上，如同死人一般。他没有向妻子说一句话，而她也没向他提出一个问题，从彼此眼神里流露出来的悲观失望的表情可知他们是相互理解的。

在这种可怕的灾难的年代里，接踵而来的不幸残酷无情地落到梅尔察洛夫和他全家的身上。起初他自己患了伤寒病，把全部有限的积蓄都花光了。后来，当他恢复健康

и на его лечение ушли все их скудные сбережения. Потом, когда он поправился, он узнал, что его место, скромное место управляющего домом на двадцать пять рублей в месяц, занято уже другим.... Началась отчаянная, судорожная погоня за случайной работой, за перепиской, за ничтожным местом, залог и перезалог вещей, продажа всякого хозяйственного тряпья. А тут еще пошли болеть дети. Три месяца тому назад умерла одна девочка, теперь другая лежит в жару и без сознания. Елизавете Ивановне приходилось одновременно ухаживать за больной девочкой, кормить грудью маленького и ходить почти на другой конец города в дом, где она поденно стирала белье.

Весь сегодняшний день был занят тем, чтобы посредством нечеловеческих усилий выжать откуда-нибудь хоть несколько копеек на лекарство Машутке. С этой целью Мерцалов обегал чуть ли не полгорода, клянча и унижаясь повсюду; Елизавета Ивановна ходила к своей барыне, дети были посланы с письмом к тому барину, домом которого управлял раньше Мерцалов... Но все отговаривались или праздничными хлопотами, или неимением денег... Иные, как, например, швейцар бывшего патрона, просто-напросто гнали просителей с крыльца.

Минут десять никто не мог произнести ни слова. Вдруг Мерцалов быстро поднялся с сундука, на котором он до сих пор сидел, и решительным движением надвинул глубже на лоб свою истрепанную шляпу.

— Куда ты? — тревожно спросила Елизавета Ивановна.

后，才知道他每月仅拿二十五卢布的管家小职位已经被别人占去了……开始悲观失望慌忙紧张地到处找工作，哪怕是最低下最卑微的工作，四处写信联络。后来，典当东西，出卖各种家用的破烂物品。就在这时，孩子们也生病了。三个月前死去了一个小女孩，现在另一个女孩正在发烧，失去了知觉，叶莉扎韦塔·伊万诺夫娜不得不同时照看生病的女孩，给婴儿喂奶，还要到城里的另一头，一位老爷家去做零活，洗衣服。

今天一整天全家人都忙于想办法，四处奔波，只是为了随便从什么地方挤出几个戈比来给玛舒特卡买点药。出于这种目的，梅尔察洛夫几乎跑遍半个城市，到处向人央求，卑躬屈节；叶莉扎韦塔·伊万诺夫娜去求女主人；两个孩子去给替梅尔察洛夫管过家的那位老爷送信……但都被借口忙于节日，或者说没有钱所推辞……有的，像老板的看门人，干脆就把两个孩子赶下台阶。

十来分钟谁也没说一句话。突然，梅尔察洛夫迅速地从他一直坐着的箱子上站起来，断然用力把破毡帽向下一拉，遮上前额。

——你到哪儿去？——叶莉扎韦塔·伊万诺夫娜不安地问道。

Мерцалов, взявшийся уже за ручку двери, обернулся.

— Все равно, сидением ничего не поможешь, — хрипло ответил он. — Пойду еще... Хоть милостыню попробую просить.

Выйдя на улицу, он пошел бесцельно вперед. Он ничего не искал, ни на что не надеялся. Он давно уже пережил то жгучее время бедности, когда мечтаешь найти на улице бумажник с деньгами или получить внезапно наследство от неизвестного троюродного дядюшки. Теперь им овладело неудержимое желание бежать куда попало, бежать без оглядки, чтобы только не видеть молчаливого отчаяния голодной семьи.

Просить милостыни? Он уже попробовал это средство сегодня два раза. Но в первый раз какой-то господин в енотовой шубе прочел ему наставление, что надо работать, а не клянчить, а во второй — его обещали отправить в полицию.

Незаметно для себя Мерцалов очутился в центре города, у ограды густого общественного сада. Так как ему пришлось все время идти в гору, то он запыхался и почувствовал усталость. Машинально он свернул в калитку и, пройдя длинную аллею лип, занесенных снегом, спустился на низкую садовую скамейку.

Тут было тихо и торжественно. Деревья, окутанные в свои белые ризы, дремали в неподвижном величии. Иногда с верхней ветки срывался кусочек снега, и слышно было, как он шуршал, падая и цепляясь за другие ветви. Глубокая тишина и великое спокойствие, сторожившие сад,

抓住门把手的梅尔察洛夫转过身来。

——反正，坐在这里也无济于事，——他声音嘶哑地回答道。——不如去……不如去讨饭。

来到街上，他漫无目的地向前走着。他毫无打算，毫无指望。他早已过够了那种贫穷痛苦难熬的生活，梦想着在街上拾到一个装满了钱的钱包或者突然继承一份某个堂叔父的遗产。现在一种无法遏止的想法控制了他：随便躲到哪里去，拼命地跑开，只要看不见饥饿的家庭和生病的孩子。

讨饭？这种办法他今天已经试过两次了。头一次，一位身穿貂皮大衣的先生教训他应当工作，不要乞求；而第二次，要把他送到警察局去。

梅尔察洛夫不知不觉地来到了市中心，一排树木繁茂的公共花园的篱笆旁。由于一路上必须顺着坡向上走，所以他喘得上气不接下气，觉得非常疲乏。他不由自主地走进篱笆门，穿过长长的被雪覆盖的椴树林荫道，坐到了花园低矮的长凳上。

这里宁静而庄严。裹着白色袈裟的树木亭亭玉立。有时从上边的枝条掉下一堆雪，只听见沙沙地又落到或挂到其他的枝条上。花园里一片安宁寂静。这种场面引起了梅尔察洛夫受尽折磨的心里的痛苦、悲观和绝望。

вдруг пробудили в истерзанной душе Мерцалова нестерпимую жажду такого же спокойствия, такой же тишины.

«Вот лечь бы и заснуть, — думал он, — и забыть о жене, о голодных детях, о больной Машутке». Просунув руку под жилет, Мерцалов нащупал довольно толстую веревку, служившую ему поясом. Мысль о самоубийстве совершенно ясно встала в его голове. Но он не ужаснулся этой мысли, ни на мгновение не содрогнулся перед мраком неизвестного.

«Чем погибать медленно, так не лучше ли избрать более краткий путь?» Он уже хотел встать, чтобы исполнить свое страшное намерение, но в это время в конце аллеи послышался скрип шагов, отчетливо раздавшийся в морозном воздухе. Мерцалов с озлоблением обернулся в эту сторону. Кто-то шел по аллее. Сначала был виден огонек то вспыхивающей, то потухавшей сигары. Потом Мерцалов мало-помалу мог разглядеть старика небольшого роста, в теплой шапке, меховом пальто и высоких калошах. Поравнявшись со скамейкой, незнакомец вдруг круто повернул в сторону Мерцалова и, слегка дотрагиваясь до шапки, спросил:

— Вы позволите здесь присесть?

Мерцалов умышленно резко отвернулся от незнакомца и подвинулся к краю скамейки. Минут пять прошло в обоюдном молчании, в продолжение которого незнакомец курил сигару и (Мерцалов это чувствовал) искоса наблюдал за своим соседом.

—Ночка-то какая славная, —заговорил вдруг незнакомец. — Морозно... тихо. Что

“躺下来，永远地睡去，该多好呀！——他想到，——那就会忘记妻子、饥饿的孩子、生病的玛舒特卡。”梅尔察洛夫把手伸到坎肩下探摸当腰带用的相当粗的绳子。自杀念头十分清楚地出现在他的脑子里。然而，他对这种念头一点也不害怕，在没人知道的情况下一刹那也没发抖过。

“与其慢慢地死去，还不如自寻短见呢?”他已经站起身来去履行自己这种可怕的企图。但是，正在这时，从林荫道的一端传来了在寒冷的空气里清晰可辨的脚步的嚓嚓声。梅尔察洛夫痛苦地转向这一边。有人沿着林荫道走着。起初，隐约可见时而突然发光，时而熄灭的雪茄烟的火光。后来，梅尔察洛夫能够渐渐看出是一个老头，他个子不高，头戴一顶棉帽，身穿毛皮大衣，脚穿一双深筒皮靴。陌生人走到长凳子前，突然转身向梅尔察洛夫，轻轻动一下帽子，问道：

——可以在这里坐一下吗？

梅尔察洛夫故意很不客气地扭过脸去不理睬陌生人，稍稍向长凳边儿挪了挪。双方沉默了五分钟，沉默中陌生人在吸烟（梅尔察洛夫感觉到了），并斜眼观察着坐在自己身旁的人。

——夜色是多么好呀！——陌生人突然开口道。——寒冷……寂静。俄罗斯的冬天

за прелесть — русская зима!

Голос у него был мягкий, ласковый, старческий. Мерцалов молчал, не оборачиваясь.

— А я вот ребятишкам знакомым подарочки купил, — продолжал незнакомец (в руках у него было несколько свертков). — Да вот по дороге не утерпел, сделал круг, чтобы садом пройти: очень уж здесь хорошо.

Мерцалов вообще был кротким и застенчивым человеком, но при последних словах незнакомца его охватил вдруг прилив отчаянной злобы. Он резким движением повернулся в сторону старика и закричал, нелепо размахивая руками и задыхаясь:

— Подарочки! .. Подарочки! .. Знакомым ребятишкам подарочки! .. А я... а у меня, милостивый государь, в настоящую минуту мои ребятишки с голоду дома подыхают... Подарочки! .. А у жены молоко пропало, и грудной ребенок целый день не ел... Подарочки! ..

Мерцалов ожидал, что после этих беспорядочных, озлобленных криков старик поднимется и уйдет, но он ошибся. Старик приблизил к нему свое умное, серьезное лицо с седыми баками и сказал дружелюбно, но серьезным тоном:

— Подождите ... не волнуйтесь! Расскажите мне все по порядку и как можно короче. Может быть, вместе мы придумаем что-нибудь для вас.

В необыкновенном лице незнакомца было что-то до того спокойное и внушающее доверие, что Мерцалов тотчас же без малейшей утайки, но страшно

是多么美妙啊！

他的声音是温柔的，老声老气的。梅尔察洛夫沉默着，没有扭过脸来。

——这是我给那些相识的孩子们买的礼物，——陌生人继续说道（他手里拿着几包东西）。——路上忍不住，要兜个圈子，逛逛花园。这里非常好。

梅尔察洛夫本来是一位温顺而腼腆的人，但是当他听到陌生人的后几句话时，却突然绝望地愤怒了起来。他猛然间转向老年人，喊叫着，毫无道理地抡起双手，喘着粗气：

——礼物！……礼物！……给相识的孩子们的礼物！……而我……我，慈善的先生，此刻我的孩子们在家里快饿死了……礼物！……妻子没有奶了，吃奶的婴儿整天整夜没吃的……礼物！……

梅尔察洛夫预料老头听到这种愤怒的喊叫声一定会起身走开，但是他想错了。老年人把自己聪明智慧而严肃的脸向他凑近些，用友好而严肃的声调说道：

——等一等……不要激动！请详细地向我说说全部情况，尽量简短些。也许我们能一起想点什么办法。

陌生人不寻常的脸上显露出一种平静的，令人信任的表情，梅尔察洛夫立即毫不隐瞒地，但非常激动而匆忙地叙述了全部真情。他讲述了自己的病，失业，孩子的死，

волнуясь и спеша, передал свою историю. Он рассказал о своей болезни, о потере места, о смерти ребенка, обо всех своих несчастиях, вплоть до нынешнего дня. Незнакомец слушал, не перебивая его ни словом, и только все пытливее и пристальнее заглядывал в его глаза, точно желая проникнуть в самую глубь этой наболевшей, возмущенной души. Вдруг он быстрым, совсем юношеским движением вскочил с своего места и схватил Мерцалова за руку. Мерцалов невольно тоже встал.

讲了自己的全部不幸遭遇，一直讲到今天的事。陌生人听着，没有打断他的话，聚精会神地探究似地注视着他的眼睛，好像在期望洞察到这颗痛苦已极的愤懑的心灵的最深处。倏地，他像青年人一样跳了起来，抓住梅尔察洛夫的手。梅尔察洛夫也不由自主地站了起来。

— Едемте! — сказал незнакомец, увлекая за руку Мерцалова. — Едемте скорее! .. Счастье ваше, что вы встретились с врачом. Я, конечно, ни за что не могу ручаться, но... поедемте!

——走！——陌生人说道，并拉起梅尔察洛夫的手。——快点走！……你很幸运，遇到了一位医生。我，当然，不敢保证，但是……快！

Минут через десять Мерцалов и доктор уже входили в подвал. Елизавета Ивановна лежала на постели рядом со своей больной дочерью, зарывшись лицом в грязные, замаслившиеся подушки. Мальчишки хлебали борщ, сидя на тех же местах. Испуганные долгим отсутствием отца и неподвижностью матери, они плакали, размазывая слезы по лицу грязными кулаками и обильно проливая их в закопченный чугунок. Войдя в комнату, доктор скинул с себя пальто и, оставшись в старомодном, довольно поношенном сюртуке, подошел к Елизавете Ивановне. Она даже не подняла головы при его приближении.

过了大约十分钟，梅尔察洛夫和医生已经进入地下室。叶莉扎韦塔·伊万诺夫娜和自己的病女孩并排躺在床上，把脸埋在肮脏的满是油污的枕头里。两个男孩正坐着吃红甜菜汤。由于父亲长时间不在，母亲躺着一动也不动，他们害怕了，哭了起来，用不干净的小拳头把眼泪抹了满脸，好多眼泪都掉进了熏黑的铁锅里。医生进屋后，脱去了大衣，只穿一件老式的相当破旧的礼服，走向叶莉扎韦塔·伊万诺夫娜。当他走近时，她甚至连头也没有抬。

— Ну, полно, полно, голубушка, — заговорил доктор, ласково погладив женщину по спине. — Вставайте-ка! Покажите мне вашу больную.

——喂，好啦，好啦，亲爱的，——医生开始说道，温存地抚摸着女人的背。——起来吧！把你的病女儿给我看看。

И точно так же, как недавно в саду, что-то ласковое и убедительное, звучавшее в его голосе, заставило Елизавету Ивановну мигом подняться с постели и беспрекословно исполнить все, что говорил доктор. Через две минуты Гришка уже растапливал печку дровами, за которыми чудесный доктор послал к соседям, Володя раздувал изо всех сил самовар, Елизавета Ивановна обворачивала Машутку согревающим компрессом... Немного погодя явился и Мерцалов. На три рубля, полученные от доктора, он успел купить за это время чаю, сахару, булок и достать в ближайшем трактире горячей пищи. Доктор сидел за столом и что-то писал на клочке бумажки, который он вырвал из записной книжки. Окончив это занятие и изобразив внизу какой-то своеобразный крючок вместо подписи, он встал, прикрыл написанное чайным блюдечком и сказал:

正像刚刚在花园里一样，他的声音里包含着温暖和信任，叶莉扎韦塔·伊万诺夫娜刹那间起了床，顺存地听着医生所说的话。两分钟过后，格里什已经用木柴生着了火炉，这木柴是神奇的医生派人去邻居家弄来的。瓦洛佳用劲把水火壶吹着了，叶莉扎韦塔·伊万诺夫娜用保温压布把玛舒特卡包了起来……过了一会儿，梅尔察洛夫回来了，他在这段时间里用医生给的三个卢布买了茶、小白面包并在最近的饭馆里买了一些熟食。医生坐在桌旁，从笔记本里撕下一张纸，在上面写着什么。写完后，就在下面画上一个特殊的小钩，好像是签名。他站起来，用小茶碟压在所写的东西上，说道：

— Вот с этой бумажкой вы пойдете в аптеку... давайте через два часа по чайной ложке. Это вызовет у малютки отхаркивание... Продолжайте согревающий компресс... Кроме того, хотя бы вашей дочери и сделалось лучше, во всяком случае пригласите завтра доктора Афросимова. Это дельный врач и хороший человек. Я его сейчас же предупрежу. Затем прощайте, господа! Дай бог, чтобы наступающий год немного снисходительнее отнесся к вам, чем этот, а главное — не падайте никогда духом.

——你就拿着这张小纸去药铺……两小时吃一茶勺。这能使玛舒特卡咳出痰来……继续使用保温压布……此外，尽管你的女儿好转了一些，但无论如何明天一定要去请阿芙罗希莫夫医生。他是一位能干的医生，是一个大好人。我马上就去通知他。好啦，再见了，先生！愿上帝保佑你们，即将来临的一年对你们将要比今年更仁慈些宽容些，但最主要的是任何时候都不要灰心丧气，更不要悲观绝望。

Пожав руки Мерцалову и Елизавете Ивановне, все еще не оправившимся от изумления, и потрепав мимоходом по щеке разинувшего рот Володю, доктор

医生握了握还没有从吃惊中醒悟过来的梅尔察洛夫和叶莉扎韦塔·伊万诺夫娜的手，又顺手抚爱地拍了拍惊得目瞪口呆的瓦洛佳的小脸蛋，很快地把脚伸进深筒皮靴

быстро всунул свои ноги в глубокие калоши и надел пальто. Мерцалов опомнился только тогда, когда доктор уже был в коридоре, и кинулся вслед за ним.

Так как в темноте нельзя было ничего разобрать, то Мерцалов закричал наугад:

— Доктор! Доктор, постойте!.. Скажите мне ваше имя, доктор! Пусть хоть мои дети будут за вас молиться!

И он водил в воздухе руками, чтобы поймать невидимого доктора. Но в это время в другом конце коридора спокойный старческий голос произнес:

— Э! Вот еще пустяки выдумали!.. Возвращайтесь-ка домой скорей!

Когда он возвратился, его ожидал сюрприз: под чайным блюдцем вместе с рецептом чудесного доктора лежало несколько крупных кредитных билетов...

В тот же вечер Мерцалов узнал и фамилию своего неожиданного благодетеля. На аптечном ярлыке, прикрепленном к пузырьку с лекарством, четкою рукою аптекаря было написано: «По рецепту профессора Пирогова».

Я слышал этот рассказ, и неоднократно, из уст самого Григория Емельяновича Мерцалова — того самого Гришки, который в описанный мною сочельник проливал слезы в закоптелый чугунок с пустым борщом. Теперь он занимает довольно крупный, ответственный пост в одном из банков, слывя образцом честности и отзывчивости на нужды бедности. И каждый раз, заканчивая свое повествование о чудесном докторе, он прибавляет голосом, дрожащим от скрываемых слез:

里，穿上了大衣。只是当医生已经走到走廊里的时候，梅尔察洛夫才清醒过来，紧跟在他后面奔了出去。

夜里一片漆黑，什么都看不清楚，梅尔察洛夫便试探着喊叫起来：

——医生！医生，请等一等！……请告诉我您贵姓，医生！让我的孩子们为您祈祷！

他接着在空中上下左右忙乱地舞动着双手，想拉住在黑暗中消失不见的医生。这时，从走廊的另一头传来了一个温存的老年人的声音：

——哎！一件小事，算不得什么！……快回家去吧！

当他回到家时，出乎他意料之外：在小茶碟下连同神奇的医生开的药方一起放着几张大钞票……

当天夜晚梅尔察洛夫就知道了这位从天而降的救命恩人的姓。贴在小药瓶的药方签上药剂师用清楚的笔迹写道：“根据皮罗戈夫教授的药方配制。”

这个故事我不止一次地从格里戈里·叶梅利亚诺维奇·梅尔察洛夫——正是格里什本人嘴里听来的。他就是在我所描写的那个圣诞节前夜把眼泪掉进熏黑了的铁锅里的小男孩，当时锅里盛着冰凉清淡的红甜菜汤。如今，他在一所银行里担任着相当重要的领导职务，被大家公认为正直、对穷苦人富有同情心、有求必应的典范。每一次，当他讲述完这位神奇医生的故事时，他都含着热泪，用颤抖的声音补充道：

— С этих пор точно благодетельный ангел снизошёл в нашу семью. Все переменилось. В начале января отец отыскал место, матушка встала на ноги, меня с братом удалось пристроить в гимназию на казенный счет. Просто чудо совершил этот святой человек. А мы нашего чудесного доктора только раз видели с тех пор — это когда его перевозили мертвого в его собственное имение Вишню. Да и то не его видели, потому что великое, мощное и святое, что жило и горело в чудесном докторе при его жизни, угасло невозвратимо.

——从此，好像行善的天使下凡到了我们的家。一切都变了：元月初父亲找到了工作，玛舒特卡站起来了，我和弟弟都顺利地被免费安排到中学去读书。这位圣人简直造出了奇迹。而自那以后，我们仅见过一次这位神奇的医生——那是当人们把他的尸体运到他的私人领地维什尼亚的时候。不，见到的不是他，他永远也不会离开我们，他生命中放射出的伟大而神圣的光芒将会永远普照人间。

Слова, Словосочетания и Фразы

1. чудéсный дóктор
2. досýжий вы́мысел
3. лет óколо тридцатú томý назáд
4. трáвка во рту, ей-бóгу, трáвка
5. неудержúмо хохотáть
6. дернýть когó за рукáв
7. подавúть тяжёлый вздох
8. по мéре того, как…
9. давнó успéть привы́кнуть к чемý
10. шýмно вы́тереть нос рукавóм пальтó
11. удáрить кому по заты́лку
12. послы́шались чьú-то неувéренные шагú
13. сы́паться на кого
14. вы́жать откýда-нибудь хоть нéсколько копéек на лекáрство
15. не произнестú ни слóва
16. решúтельным движéнием надвúнуть глýбже на лоб истрёпанную шляпу
17. взя́ться за рýчку двéри
18. просúть мúлостыню
19. умы́шленно рéзко отвернýться от кого

单词、词组和句型

1. 神奇的医生，神医
2. 随意的虚构，无谓的杜撰，无聊的捏造
3. 大约三十年前
4. 嘴里的草，天啊，草
5. 止不住地哈哈大笑起来
6. 拉起某人的衣袖
7. 深深地叹了一口气
8. 随着，当……时候
9. 早已习惯……
10. 用大衣袖子哧哧地擦着鼻子
11. 敲某人的后脑勺
12. 传来了某人迟疑的脚步声
13. 落到某人身上
14. 随便从什么地方哪怕挤出几个戈比来买药
15. 没说一句话
16. 用力把破毡帽向下一拉，遮上前额
17. 抓住门把手
18. 讨饭
19. 故意很不客气地扭过脸去不理睬某人

20. ре́зким движе́нием отверну́ться в чью сто́рону	20. 猛然间转向某人
21. закрича́ть, неле́по разма́хивая рука́ми и задыха́ясь	21. 毫无道理地抡起双手，喘着粗气，喊叫着
22. всу́нуть но́ги в глубо́кие кало́ши и наде́ть пальто́	22. 把脚伸进深筒皮靴里，穿上大衣
23. моли́ться за кого́	23. 为某人祈祷
24. неожи́данный благоде́тель	24. 从天而降的救命恩人，意想不到的恩人
25. занима́ть дово́льно кру́пный, отве́тственный пост	25. 担任着相当重要的领导职务
26. прибавля́ть го́лосом, дро́жащим от скрыва́емых слёз	26. 含着热泪，用颤抖的声音补充道
27. Благоде́тельный а́нгел снизошёл в чью семью́.	27. 行善的天使下凡到某人的家。
28. перевози́ть кого мёртвого в чьё со́бственное име́ние	28. 把某人的尸体运到某人的私人领地
29. Кого удало́сь пристро́ить в гимна́зию на казённый счёт.	29. 免费(公费)安排某人到中学去读书。
30. встать на́ ноги	30. 站起来

В НЕДРАХ ЗЕМЛИ

——храбрый мальчик

Раннее весеннее утро — прохладное и росистое. В небе ни облачка. Только на востоке, там, откуда сейчас выплывает в огненном зареве солнце, еще толпятся, бледнея и тая с каждой минутой, сизые предрассветные тучки. Весь безбрежный степной простор кажется осыпанным тонкой золотой пылью. В густой буйной траве там и сям дрожат, переливаясь и вспыхивая разноцветными огнями, брильянты крупной росы. Степь весело пестреет цветами: ярко желтеет дрок, скромно синеют колокольчики, белеет целыми зарослями пахучая ромашка, дикая гвоздика горит пунцовыми пятнами. В утренней прохладе разлит горький, здоровый запах полыни, смешанной с нежным, похожим на миндаль, ароматом повилики. Все блещет и нежится и радостно тянется к солнцу. Только кое-где в глубоких и узких балках, между крутыми обрывами, поросшими редким кустарником, еще лежат, напоминая об ушедшей ночи, влажные синеватые тени. Высоко в воздухе, не видные глазу, трепещут и звенят жаворонки. Неугомонные кузнечики давно подняли свою торопливую, сухую трескотню. Степь проснулась и ожила, и кажется, будто она дышит глубокими, ровными и могучими вздохами.

Резко нарушая прелесть этого степного утра, гудит на Гололобовской шахте обычный шестичасовой свисток, гудит

第二篇　在地下

——一个勇敢的少年

初春的早晨，晴空万里，凉风习习，万物都披上一层露珠。只是在东方，太阳从火红朝霞中飘然升起的地方，破晓前还聚集着一小片灰蓝色的云，此刻已渐渐淡白，飘散开来。一片辽阔无垠的草原好像布满了金色的薄尘。在茂盛稠密的青草上，金刚石般的露水珠晶莹透明，四下滚动，闪烁着五彩斑斓的光点。草原上长满各种各样的花草：金黄发亮的黄尝木、蓝色的风铃草、一丛丛白色芳香的野母菊、满身红斑点的野石竹。凉晨，一种有益于健康的苦蒿气味飘散开来，与像扁桃一样的菟丝子香味融为一体。万物都在闪烁发光，消闲自在，快乐地向着太阳。只是在一处又深又窄的山沟里，长着稀疏灌木林的悬崖峭壁中，还有一小片潮湿的青蓝色的树荫，好像是刚刚过去的黑夜一样。在眼睛难以看见的高空中，百灵鸟时隐时现，发出悦耳动听的叫声。吵杂的螽斯早就耐不住性子干巴巴地唧唧直叫。草原在均匀有力地呼吸着，它苏醒了，呈现出一派生气勃勃、欣欣向荣的景象。

戈洛洛鲍夫斯基矿井上的汽笛照例在六点钟嗡嗡嗡地响起来，打破了草原良晨的安宁。汽笛嘶哑地不停地使劲儿响着，好像是

бесконечно долго, хрипло, с надсадою, точно жалуясь и сердясь. Звук этот слышится то громче, то слабее; иногда он почти замирает, как будто обрываясь, захлебываясь, уходя под землю, и вдруг опять вырывается с новой, неожиданной силой.

在抱怨，在生气，在发怒。这声音听起来时而大时而小；有时几乎听不见，好像是中断了，消失了，钻进地下去了，有时又突然以新的出乎意料的巨大力量从地下传了出来。

На огромном зеленеющем горизонте степи только одна эта шахта со своими черными заборами и торчащей над ними безобразной вышкой напоминает о человеке и человеческом труде. Длинные красные закопченные сверху трубы изрыгают, не останавливаясь ни на секунду, клубы черного, грязного дыма. Еще издали слышен частый звон молотов, бьющих по железу, и протяжный грохот цепей, и эти тревожные металлические звуки принимают какой-то суровый, неумолимый характер среди тишины ясного, улыбающегося утра.

在辽阔草原的绿色地平线上，这个唯一的矿井，以及它的黑色围墙和竖在上面的不成样子的瞭望台使我们想到了人和人的力量。上半截熏黑了的红色长烟囱一刻不停地吐出一团团又黑又脏的浓烟。从远处就听见锤头打铁的叮咚声和钢丝绳运行的哐啷声。在晴朗而又令人愉快的早晨，这种使人忐忑不安的金属声笼罩着一种神秘、严肃、紧张的气氛。

Сейчас должна спуститься под землю вторая смена. Сотни две человек толпятся на шахтенном дворе между штабелей, сложенных из крупных кусков блестящего каменного угля. Совершенно черные, пропитанные углем, не мытые по целым неделям лица, лохмотья всевозможных цветов и видов, опорки, лапти, сапоги, старые резиновые калоши и просто босые ноги, — все это перемешалось в пестрой, суетливой, галдящей массе. В воздухе так и висит изысканно-безобразная бесцельная ругань вперемежку с хриплым смехом и удушливым, судорожным, запойным кашлем.

现在轮到第二班下井了。矿井大院里，在一堆堆大块发亮的石煤中间聚集着二百来人。一张张被煤烟完全染黑了的个把星期都没洗过的脸、各色各样的破衣烂衫、露出脚趾的鞋、树皮编织的鞋、长筒靴子、旧胶皮套鞋、赤脚——一切的一切都混杂在形形色色忙乱的喧嚷吵闹的人群之中。空中回荡着不堪入耳的咒骂声、嘶哑的笑声和憋闷抽搐的咳嗽声。

Но понемногу толпа уменьшается, вливаясь в узкую деревянную дверь, над которой прибита белая дощечка с

人群渐渐稀疏了，人们走进了一扇狭窄的木门里，门上钉着一块写有“灯”字的白色小木牌。灯房里挤满了工人。十个人坐在

надписью: «Ламповая». Ламповая битком набита рабочими. Десять человек, сидя за длинным столом, беспрерывно наполняют маслом стеклянные лампочки, одетые сверху в предохранительные проволочные футляры. Когда лампочки совсем готовы, ламповщик вдевает в ушки, соединяющие верх футляра с дном, кусочек свинца и расплющивает его одним нажимом массивных щипцов. Таким образом достигается то, что шахтер до самого выхода обратно из-под земли никак не может открыть лампочки, а если даже случайно и разобьется стекло, то проволочная сетка делает огонь совершенно безопасным. Эти предосторожности необходимы, потому что в глубине каменноугольных шахт скопляется особый горючий газ, который от огня мгновенно взрывается, бывали случаи, что от неосторожного обращения с огнем на шахтах погибали сотни человек.

一张长条桌旁，不断地向玻璃灯里填油。灯的上部罩着一层保险铁丝网。当灯完全被装好后，装灯工人把一小块铅塞进耳罩里(耳罩把保险铁丝网的上部和底部连接在一起)，然后拿起一把又沉又大的钳子用力一夹，把铅夹扁。这样，一直到矿工们换班，从井下回到灯房的时候，也不可能把灯弄坏。即使偶然间玻璃被打碎了，保险铁丝网仍会使灯安然无恙。这种预防措施是必要的，因为矿井的深处积存着一种特殊的可燃气体，它遇火就会立即爆炸。有一次，由于用灯时疏忽大意，发生了一起事故，结果矿井里有一百多人丧命。

Получив лампочку, шахтер проходит в другую комнату, где старший табельщик отмечает его фамилию в дневной ведомости, а двое подручных тщательно осматривают его карманы, одежду и обувь, чтобы узнать, не несет ли он с собою папирос, спичек или огнива.

矿工们拿到灯后，走进了另一间房子。在那里，考勤组长把他们的姓名登记在当天的考勤表上，两个助手又仔细地检查他们的口袋、衣服和鞋子，以免把烟卷、火柴或火镰带在身上。

Убедившись, что запрещенных вещей нет, или просто не найдя их, табельщик коротко кивает головой и бросает отрывисто: «Проходи».

确信没带易燃品，或者根本就没查到什么易燃品的时候，考勤组长才点点头，慢腾腾地说：“请——进——去!”

Тогда через следующую дверь шахтер выходит на широкую, длинную крытую галерею, расположенную над «главным стволом».

又通过下一个门，矿工们走进了位于“主井筒”上面的又宽又长的有顶盖的长廊。

В галерее идет кипучая суета смены. В

长廊里紧张忙碌的上下班工人来来往

квадратном отверстии, ведущем в глубь шахты, ходят на цепи, перекинутой высоко над крышей через блок, две железных платформы. В то время когда одна из них подымается, — другая опускается на сотню сажен. Платформа точно чудом выскакивает из-под земли, нагруженная вагонетками с влажным, только что вырванным из недр земли углем. В один миг рабочие стаскивают вагонетки с платформы, ставят их на рельсы и бегом влекут их на шахтенный двор. Пустая платформа тотчас же наполняется людьми. В машинное отделение дается условный знак электрическим звонком, платформа содрогается и внезапно с страшным грохотом исчезает из глаз, проваливается под землю. Проходит минута, другая, в продолжение которых ничего не слышно, кроме пыхтенья машины и лязганья бегущей цепи, и другая платформа, — но уже не с углем, а битком набитая мокрыми, черными и дрожащими от холода людьми, вылетает из-под земли, точно выброшенная наверх какой-то таинственной, невидимой и страшной силой. И эта смена людей и угля продолжается быстро, точно, однообразно, как ход огромной машины.

往。在通向井下的正方形洞口里，有两辆被系在钢丝绳上的罐笼车通过滑轮升降。当一辆罐笼车升起时，另一辆下降一百俄丈。罐笼车准确神奇地从地下跑出来，上面装着一辆辆满载着刚刚从地下挖掘出来的潮湿煤块的小矿车。工人们很快地把小矿车从罐笼车上拖下来，拉到轨道上，跑着把它们送到矿上的大院里。空空的罐笼车不一会儿又挤满了人。信号电铃声传到卷扬机房，一辆罐笼车震动起来，猛的一声响过之后钻入地下，消失不见了。过了一会儿，另一辆罐笼车又从地下跑出来。在运行过程中，除了机器噗噗的喷气声和钢丝绳飞驰的哗啦声外什么都听不见。这次装的不是煤，而是一满车人，他们全身湿漉漉的，又黑又脏，冻得瑟瑟发抖，好像一种神秘的无形的巨大力量把他们送了上来。人和煤就这样快速、准确、单调地更替着，好像一台庞大的机器在机械地运转一样。

Васька Ломакин, или, как его прозвали шахтеры, вообще любящие хлесткие прозвища, Васька Кирпатый (Курносый —*примеч. А. И. Куприна*), стоит над отверстием главного ствола, поминутно извергающего из своих недр людей и уголь, и, слегка полуоткрыв рот, пристально смотрит вниз.

瓦西卡·洛马金，矿工们都叫他(一般人都喜欢给别人起个带劲的绰号)翘鼻子瓦西卡，在一刻也不停地把人和煤送出来的主井筒的洞口上站着，微微地张着嘴，目不转睛地向下张望。

Васька — двенадцатилетний мальчик с

瓦西卡是个十二岁的男孩，长着一张煤

совершенно черным от угольной пыли лицом, на котором наивно и доверчиво смотрят голубые глаза, и со смешно вздернутым носом. Он тоже должен сейчас спуститься в шахту, но люди его партии еще не собрались, и он дожидается их.

Васька всего полгода как пришел из далекой деревни. Безобразный разгул и разнузданность шахтерской жизни еще не коснулись его чистой души. Он не курит, не пьет и не сквернословит, как его однолетки-рабочие, которые все поголовно напиваются по воскресеньям до бесчувствия, играют на деньги в карты и не выпускают папиросы изо рта. Кроме «Кирпатого», у него есть еще кличка «Мамкин», данная ему за то, что, поступая на службу, на вопрос штейгера: «Ты, поросенок, чей будешь?», он наивно ответил: «А мамкин!», что вызвало взрыв громового хохота и бешеный поток восхищенной ругани всей смены.

Васька до сих пор не может привыкнуть к угольной работе и к шахтерским нравам и обычаям. Величина и сложность шахтенного дела подавляет его бедный впечатлениями ум, и, хотя он в этом не дает себе отчета, шахта представляется ему каким-то сверхъестественным миром, обиталищем мрачных, чудовищных сил. Самое таинственное существо в этом мире — бесспорно машинист.

Вот он сидит в своей кожаной засаленной куртке, с сигарой в зубах и с золотыми очками на носу, бородатый и насупленный. Ваське он отлично виден сквозь стеклянную перегородку, отделяющую машинную часть. Что это за человек? Да

灰弄脏了的黝黑的圆脸蛋和一个向上翘着的滑稽可笑的尖鼻子。他那双蔚蓝色的眼睛正天真地张望着。他也该马上下井了，可是他们小组的人还没到齐，他只好在这里等着他们。

瓦西卡从遥远的农村来到这里已经半年多了。矿井生活的放荡，无所顾忌的狂欢，肆无忌惮的蛮横都丝毫没有沾染他纯洁的心灵。他不吸烟，不喝酒，也不说下流话。他不像同龄工人们那样，每逢星期日人人都醉得不省人事，赌钱、烟不离口。除了“翘鼻子”外，人们还送给他另一个外号——“妈妈的”。那还是他刚来到矿上的时候，采矿工长问他：“你这个小脏猪，是谁家的?”他天真地回答道：“妈妈的!”这引起了全班工人的哄堂大笑和友好善良的逗骂声。

瓦西卡至今还不习惯采煤工作和矿井的风俗人情。繁重而复杂的煤矿生活使他缺乏想象力的头脑受到压抑，虽然在这方面他还认识不清楚。他认为矿井是一个神秘的超自然的世界，是一种极阴森可怕的东西的住所。在这个世界里最深奥莫测的有生命活力的东西无疑是绞车司机。

瞧，他穿着满是油污的短皮上衣，嘴里叼着烟卷，鼻梁上架着一副金丝眼镜，留着大胡子，皱着眉头。透过绞车的玻璃，瓦西卡可以清楚地看见他。多么了不起的人啊！他简直是个神仙！看他，人不动地方，烟不离口，按一按小电钮，一直没动静的巨大卷

полно: и человек ли он еще? Вот он, не сходя с места и не выпуская изо рта сигары, тронул какую-то пуговку, и вмиг заходила огромная машина, до сих пор неподвижная и спокойная, загремели цепи, с грохотом полетела вниз платформа, затряслось все деревянное строение шахты. Удивительно!.. А он сидит себе как ни в чем не бывало и покуривает. Потом он надавил еще какую-то шишечку, потянул за какую-то стальную палку, и в секунду все остановилось, присмирело, затихло... «Может быть, он слово такое знает?» — не без страха думает, глядя на него, Васька.

扬机立刻就发动了，钢丝绳哗啦啦地响起来，罐笼车轰隆隆地向下飞驰而去，矿井的全部木房子都颤抖起来了。多么奇怪呀！……而他若无其事地坐在那里，抽着烟。然后他按一按另一个小玩意儿，拉一拉另一根钢棍子，刹那间一切都停止了，平息了，安静了……“可能，他懂得一种什么语言吧？”——瓦西卡看着他，好奇地想到。

Другой — загадочный и притом облеченный необыкновенной властью человек старший штейгер Павел Никифорович. Он полный хозяин в темном, сыром и страшном подземном царстве, где среди глубокого мрака я тишины мелькают красные точки отдаленных фонарей. По его приказаниям ведутся новые галереи и делаются забои.

另一个神秘的，同时又掌握着大权的人是采矿工长帕维尔·尼基福罗维奇。在黑暗、潮湿而又可怕的地下王国里他是主宰者，星星点点的矿灯在这样一个黑暗王国和寂静中闪烁着红光，根据他的命令开辟着新的坑道和工作面。

Павел Никифорович очень красив, но неразговорчив и мрачен, как будто общение с подземными силами наложило на него особую, загадочную печать. Его физическая сила стала легендой среди шахтеров, и даже такие « фартовые » хлопцы, как Бухало и Ванька Грек, дающие тон буйному направлению умов, отзываются о старшем штейгере с оттенком почтения.

帕维尔·尼基福罗维奇长得很英俊，但是他少言寡语、郁郁不乐，好像是和地下的东西打交道给他加上了一种特别的难以猜测的印痕。他那强壮的体力成了矿工们传说的神话，甚至像布哈洛和万卡·格列克这样一些“事事走运”的、说起话来傲慢无礼的小伙子们对他——这位主宰者也都很尊敬。

Но неизмеримо выше Павла Никифоровича и машиниста стоит во мнении Васьки директор шахты — француз Карл Францевич. У Васьки нет даже сравнений,

在瓦西卡看来，比帕维尔·尼基福罗维奇和绞车司机更高的是矿长——法国人卡尔·弗兰采维奇。瓦西卡可以比较一下这个至高无上的人实力的大小，但是他没作比

которыми он мог бы определить размеры могущества этого сверхчеловека. Он может сделать все, решительно все на свете, что ему только ни захочется. От мановения его руки, от одного его взгляда зависит жизнь и смерть всех этих табельщиков, десятников, шахтеров, нагрузчиков и подвозчиков, которые тысячами кормятся около завода. Всюду, где только показывается его высокая прямая фигура и бледное лицо с черными блестящими усами, тотчас же чувствуется общее напряжение и растерянность. Когда он говорит с человеком, то смотрит ему прямо в глаза своими холодными большими глазами, но смотрит так, как будто разглядывает сквозь этого человека что-то такое, видимое ему одному. Раньше Васька не мог себе представить, что существуют на свете люди, подобные Карлу Францевичу. От него даже и пахнет как-то особенно, какими-то удивительными сладкими цветами. Этот запах Васька уловил однажды, когда директор прошел мимо него в двух шагах, конечно, даже не заметив крошечного мальчугана, который стоял без шапки, с раскрытым ртом, провожая испуганными глазами проносящееся земное божество.

较。矿长能够做世界上他想做的一切事情。成千上万靠矿井生活的运料工、装卸工、矿工、工长、考勤员的死活都要靠他的手一挥、眼一瞥来决定。只要是他那瘦高笔挺的身躯和蓄着乌黑发亮的小胡子的苍白的脸庞在哪里一出现，那里就立刻感觉出一种紧张和惊慌的气氛。当他和某人谈话的时候，他总是用冷漠的大眼睛盯着对方，好像是透过这个人能够看出只有他才能发现的东西。起初，瓦西卡无法想象出世界上有像卡尔·弗兰采维奇这样的人。从他的身上甚至能散发出一股特别使人感到惊奇的甜蜜的花香。这种香味瓦西卡闻到过一次，那是当矿长在离他两步远的地方经过的时候，当然矿长没有发现这个可爱的小男孩。瓦西卡当时没戴帽子，张着嘴，以惊恐的目光伴送着这位疾驰而过的地上的神灵。

— Эй ты, Кирпатый, полезай, что ли! — услышал Васька над своим ухом грубый оклик.

——唉，翘鼻子，你爬上去吧！——瓦西卡听见粗鲁的呼唤声。

Васька встрепенулся и бросился к платформе. Садилась та партия, при которой он состоял подручным. Собственно, ближайших начальников у него было двое: дядя Хрящ и Ванька Грек. С ними вместе он помещался на одних нарах в общей

瓦西卡肩膀一耸，立刻就向罐笼车跑去。上车的正是他当小工的那一组人。其实，他直接由两个师傅带：赫里亚希叔叔和万卡·格列克。他和他们一起睡在工人集体宿舍的同一张板床上，经常与他们一道在矿井里做工，工余时间里还替他们干了不少

казарме, с ними же постоянно работал в шахте и при них же нес в свободное время многочисленные домашние обязанности, в круг которых входило главным образом беганье в ближайший кабак «Свидание друзей» за водкой и огурцами. Дядя Хрящ принадлежал к числу старых шахтеров, измотавшихся и обезличившихся на долгой непосильной работе. У него не было разницы между добрым и злым делом, между буйной выходкой и трусливым прятаньем за чужую спину. Он рабски шел за большинством, бессознательно прислушивался к сильным и давил слабого, и в шахтерской среде он не пользовался, несмотря на свои преклонные лета, ни уважением, ни влиянием. Ванька Грек, наоборот, до известной степени руководил общественным мнением и сильными страстями всей казармы, где самыми вескими аргументами служили занозистое слово и крепкий кулак, в особенности если он был вооружен тяжелым и острым кайлом (Кайло[хайло] — инструмент для выбивания угля из породы. *Прим. А. И. Куприри на*).

事：主要是跑到最近的一个小酒馆里去“约会朋友”、买酒、买黄瓜。赫里亚希叔叔是一个失去个性的老矿工，他由于长期从事力不从心的劳动而常常感到疲惫不堪。他既没有善恶的差别，也没有狂暴的举动和胆怯忍受的差别，只是盲目地服从大多数，欺软怕硬。在矿工中间，虽然他已年迈，却得不到尊敬，树立不了威信。而万卡·格列克却相反，在某种程度上掌握着整个工人集体宿舍的舆论和强烈的情绪。特别是当那些横蛮无理的矿工随意打人、欺负弱者的时候，他那刻薄的话语和坚硬的拳头便是最有力的证据。

В этом мире бурных, пылких, отчаянных натур каждое взаимное столкновение принимало преувеличенно-острый характер. Казарма напоминала собой огромную клетку, битком набитую хищным зверьем, где растеряться, оказать минутную нерешительность — равнялось погибели. Обыкновенный деловой разговор, товарищеская шутка переходили в страшный взрыв ненависти. Только что мирно беседовавшие люди бешено вскакивали с места, лица бледнели, руки

在这种狂暴而不顾死活的急性子人中，相互间的任何一种冲突都会变成特别尖锐的矛盾。工人集体宿舍像是一个挤满了猛兽的大笼子，它们在里面惊慌失措，片刻间的犹豫不决就等于死亡。一般性的谈话，伙伴们开开玩笑都会迸发出令人惧怕的仇恨的火花。刚刚还在心平气和谈话的人猛然间怒气冲冲地暴跳起来，面容失色，手指哆嗦着攥紧刀柄或锤把，满嘴泡沫，唾液四溅，气得浑身打颤，粗野可怕地对骂起来……矿工生活的初期，瓦西卡遇到这种场面，会被吓得发呆，似乎感到胸部发闷，两手出冷汗，软

судорожно стискивали рукоятку ножа или молота, из дрожащих опененных губ вылетали вместе с брызгами слюны ужасные ругательства… В первые дни своей шахтерской жизни, присутствуя при таких сценах, Васька весь обомлевал от испуга, чувствуя, как у него холодеет в груди и как его руки становятся слабыми и влажными.

弱无力。

Если в такой зверской среде Ванька Грек пользовался некоторым, сравнительным уважением, то это до известной степени говорит об его нравственных качествах. Он был в состоянии работать по целым неделям, не отрываясь от дела, с каким-то озлобленным упорством, для того чтобы спустить в одну ночь все заработанные этим нечеловеческим трудом деньги. Трезвый, он был несообщителен и молчалив, а будучи пьяным, нанимал музыканта, вел его в трактир и заставлял играть, а сам сидел против него, пил водку стаканами и плакал. Потом неожиданно вскакивал с перекосившимся лицом и налитыми кровью глазами и начинал «разносить». Что или кого разносить — ему было все равно; просила исхода порабощенная долгим трудом натура… Начинались безобразные, кровавые драки во всех концах завода и продолжались до тех пор, пока мертвый сон не валил с ног этого необузданного человека.

若是在这种野蛮的环境中，万卡·格列克受到一些尊敬的话，那在某种程度上说明他所具有的道德品质。他能够以非常顽强的精神整周整周不停息地劳动，来弥补一个夜晚就输得精光的以非人的劳动所挣得的全部金钱。他没喝醉的时候，不爱说话，沉默寡言。当他喝醉的时候，就雇一位乐师，把他领到小饭馆来，让他奏乐，而自己却坐在他对面，一边不停地喝着伏特加酒，一边哭泣着。然后，眼睛血红地突然跳起来，脸抽搐着，开始“大骂一通”。骂谁，骂什么——他都无所谓；长期从事劳动使他养成了这种性格……开始时工厂的每个角落都能听见他那不像话的狗血喷头的咒骂声，一直到这个不受拘束的人瞌睡得站都站不稳的时候为止。

Но — как это ни странно — Ванька Грек оказывал Кирпатому нечто похожее на заботу или, вернее, внимание. Конечно, это внимание выражалось в суровой и грубой форме и сопровождалось скверными словами, без которых не обходится шахтер даже в самые лучшие свои минуты,

但是，使人们感到不可理解的是，万卡·格列克却给翘鼻子以极大的关心，或者更确切地说，是给予极大的照顾。当然，这种照顾是以严厉和粗鲁的方式表现出来的，并夹杂着一些下流话。这些下流话即使当矿工们最高兴的时候也少不了。毫无疑问，这种照顾确确实实是存在的。比如说，万卡·

однако, несомненно, это внимание существовало. Так, например, Ванька Грек устроил мальчугана в самом лучшем месте на нарах, ногами к печке, несмотря на протест дяди Хряща, которому это место раньше принадлежало. В другой раз, когда загулявший шахтер хотел силой отнять у Васьки полтинник, Грек отстоял Васькины интересы. « Оставь мальчишку », — спокойно сказал он, слегка приподымаясь на нарах. И эти слова были сопровождены таким красноречивым взглядом, что шахтер разразился потоком отборной ругани, но тем не менее отошел в сторону.

格列克把这孩子安排在板铺上最好的地方睡觉，使他的双脚可以靠近炉子，虽然这遭到赫里亚希叔叔的反对，因为这个地方从前是属于他的。还有一次，当一个放荡不羁的矿工想动手夺去瓦西卡的半卢布银币的时候，格列克保护了他。“给孩子留下，”他轻轻地说道，稍微在板铺上欠起身来。这话伴随着严厉的目光，使这个矿工十分惊慌，虽然他表面上装模做样，嘴里骂着人，可是内心却非常胆怯，慢慢地溜到一边儿去了。

На платформу вместе с Васькой взошло еще пять человек. Раздался сигнал, и в тот же момент Васька почувствовал во всем теле необычайную легкость, точно у него за спиною выросли крылья. Вздрагивая и гремя, полетела платформа вниз, и мимо нее, сливаясь в одну сплошную серую полосу, понеслась вверх кирпичная стена колодца. Потом сразу наступил глубокий мрак. Лампочки еле мерцали в руках молчаливых бородатых шахтеров, вздрагивая при неровных толчках падающей платформы. Затем Васька внезапно почувствовал себя летящим не вниз, а вверх. Этот странный физический обман всегда испытывается непривычными людьми в то время, когда платформа достигает середины ствола, но Васька долго не мог отделаться от этого ложного ощущения, всегда вызывавшего у него легкое головокружение. Платформа быстро и мягко замедлила падение и стала на грунте. Сверху водопадом падали вниз стекавшиеся к главному стволу подземные

和瓦西卡一起走进罐笼车的还有五个人。信号铃响了，刹那间瓦西卡觉得全身一阵轻松，好像背上长出了翅膀一样。罐笼车震动着，轰鸣着，向下飞奔而去，井壁的砖墙也放佛向上疾驰起来，汇合成一条密实的灰色带子。随后，又是漆黑一片。一盏盏灯在那些沉默寡言的长着大胡子的矿工们手里星星点点地闪着微光，在下降的罐笼车的不均匀的震动下颤抖着。紧接着瓦西卡突然觉得自己不是向下去，而是向上飞。那些感觉不习惯的人每当罐笼车到达井筒中间的时候，都会有这种奇怪的物理反应，瓦西卡就长期不能摆脱这种总是引起他轻微头晕的复杂的反应。罐笼车快速地减缓了下降速度，停在地下，汇合到主井筒的地下泉水像瀑布似地自上而下倾泻下来。为了躲避这“倾盆大雨”，矿工们飞快地从罐笼车上跑下来。

источники, и шахтеры быстро сбегали с платформы, чтобы избегнуть этого проливного дождя.

Люди в клеенчатых плащах, с капюшонами на головах, вкатывали на платформу полные вагонетки. Дядя Хряц кинул кому-то из них: «Здорово, Тереха», — но тот не удостоил его ответом, и партия разбрелась в разные стороны.

Каждый раз, очутившись под землей, Васька чувствовал, как им овладевает какая-то молчаливая, гнетущая тоска. Эти длинные черные галереи казались ему бесконечными. Изредка мелькал где-то далеко жалкой бледно-красной точечкой огонек лампы и пропадал внезапно, и опять показывался. Шаги звучали глухо и странно. Воздух был неприятно сыр, душен и холоден. Иногда за боковыми стенами слышалось журчанье бегущей воды, и в этих слабых звуках. Васька ловил какие-то зловещие, угрожающие ноты.

Васька шел следом за дядей Хрящом и Греком. Их лампочки, раскачиваемые руками, бросали на скользкие, покрытые плесенью бревенчатые стены галереи тусклые желтые пятна, в которых причудливо метались взад-вперед, то пропадая, то вытягиваясь до потолка, три уродливые неясные тени. Невольно все кровавые и таинственные предания шахты всплыли в памяти Васьки.

Вот здесь засыпало обвалом четырех человек. Трех из них нашли мертвыми, а труп четвертого так и не отыскался; говорят, что его дух ходит иногда по галерееN 5-й и жалобно плачет… Там в

人们身穿漆布雨衣，头戴风帽，把装得满满的小矿车推到罐笼车上。赫里亚希叔叔向他们其中的一个人点头说道：“你好哇，捷列哈！”——但是，那个人没理睬他，一组人就各自散开了。

每当瓦西卡不知不觉地来到地下的时候，总感觉到有一种说不出的压抑的苦恼控制着他。他觉得这又长又黑的坑道是无尽头的。有时，远处微弱的灯光像可怜的萤火虫一样在闪动着，忽明忽暗。在坑道里，脚步声特别奇特又不响亮。空气潮湿，憋闷而寒冷，令人不快。从侧面的墙外不时传来潺潺的流水声，从这种微弱的声音中瓦西卡感到了一种危险的不祥预兆。

瓦西卡紧跟在赫里亚希和格列克身后。手里提着的灯摇晃着把微弱淡黄的光芒投射到坑道里光滑生霉的木墙上。三条模糊的走了样的身影在淡黄色光芒的照射下稀奇古怪地来回蹦跳着，时而消失了，时而又伸长到天花板上。矿井里发生的一切血淋淋的事故不由自主地出现在瓦西卡的脑中，这对他来说是那样地可怕而神秘。

这里崩塌埋住了四个人。已经找到的有三具尸体，另一具下落不明；据说，他的幽灵时常在五号坑道里游荡，发出悲哀的哭泣声……那里，三年前，一个矿工用钉子镐把拒绝给他一口伏特加酒的伙伴的头打破了，

третьем году один шахтер размозжил кайлом голову своему товарищу, который отказал ему в глотке водки, пронесенной под землю контрабандным путем. Рассказывали также об одном старом рабочем, который много лет тому назад заблудился в галереях, знакомых ему, как свои пять пальцев. Его нашли только через три дня, обессилевшим от голода и сошедшим с ума. Говорили, что «кто-то» водил его по шахте. Этот «кто-то», страшный, безыменный и безличный, как и породивший его подземный мрак, несомненно существует в глубине шахт, но о нем никогда не станет говорить ни один настоящий шахтер, — ни в трезвом ни в пьяном виде. И каждый раз, когда Васька, идя следом за своей партией, думает «о нем», он чувствует на своем теле чье-то тихое, холодное дыханье, кидающее его в дрожь.

这酒是那个伙伴偷偷带到地下来的。传说一个老工人很多年以前在了如指掌的坑道里迷了路，三天以后才被人发现。他已饿得软弱无力，神经错乱，发疯了。他说，一个“人”领着他在矿井里游来游去。这个“人”非常可怕，他没有姓名，面孔模糊，无疑是住在井下的最深处。关于“他”，任何一个真正的矿工，无论是在喝醉的时候，还是在头脑清醒的时候，都不敢随便谈论。每当瓦西卡跟着自己的伙伴经过这里的时候，一想到“他”，就毛骨悚然，周身打颤。

— Ну что, Ванька, хорошо погулял? — искательно спросил дядя Хрящ, оборачиваясь на ходу в сторону Грека.

——喂，怎么样，万卡，玩得好吗？——赫里亚希叔叔一边走，一边把身子转向格列克讨好地问道。

Грек не ответил и только презрительно сплюнул сквозь зубы. Накануне он целых пять дней не приходил на работу, угарно и безобразно пропивая свое двухмесячное жалованье. За все это время он почти совсем не спал, и теперь его нервы были возбуждены до крайней степени.

格列克没有回答，鄙视地似乎不高兴地吐了一口唾沫。在此以前，他整整五天没来上工，狂饮纵酒，瞎胡闹，花掉了两个月的薪水。这段时间里，他几乎完全没睡觉，直到今天他的神经还处于紧张状态，全身酸懒。

— Н-да, братец мой, хорошо, нечего сказать, — не унимался дядя Хрящ. — Как это ты десятника-то облаял? Очень прекрасно…

——嗯，我的老弟，好，不搭理我，——赫里亚希叔叔忍不住了。——你怎么对组长这样粗暴无礼呢？好极了……

— Не зуди, — коротко отрезал Грек.

——别唠叨，——格列克简短地打断赫里亚希。

— Чего зудить, я не зужу, — отозвался

——有什么可唠叨的，我没有唠

дядя Хрящ, которому всего обиднее было то обстоятельство, что ему не удалось принять участия во вчерашнем разгуле. — А только, братец ты мой, тебе теперь конторы не миновать. Позовут тебя, друга милого, к расчету. Уж это как пить дать...

— Отстань!

— Чего там отстань. Это, голубчик, не то что в трактире бильярды выворачивать. Сергей Трифоныч так и сказал: пускай, говорит, он теперь у меня хорошенько попросится. Пускай...

— Замолчи, собака! — вдруг резко обернулся к старику Грек, и его глаза злобно сверкнули в темноте галереи.

— Мне что ж! Я ничего, я молчу, — замялся дядя Хрящ.

До места работы было почти полторы версты. Свернув с главной магистрали, партия еще долго шла узкими коленчатыми галерейками. Кое-где нужно было нагибаться, чтобы не коснуться головой потолка. Воздух с каждой минутой делался сырее и удушливее.

Наконец они дошли до своей лавы.

В ее узком и тесном пространстве нельзя было работать ни стоя, ни сидя; приходилось отбивать уголь, лежа на спине, что составляет самый трудный и тяжелый род шахтерского искусства. Дядя Хрящ и Грек медленно и молча разделись, оставшись нагими до пояса, зацепили свои лампочки за выступы стенок и легли рядом. Грек чувствовал себя совсем нехорошо. Три бессонные ночи и продолжительное отравление скверной водкой мучительно давали себя знать. Во всем теле ощущалась

叨，——赫里亚希叔叔说道，他因为没参加昨天的狂饮而有点委屈和生气。——要知道，我的老弟，你现在躲不开账房。伙计，要找你算账的。让你再喝酒……

——别瞎说，走开！

——瞎说？亲爱的，这不是在小饭馆里胡闹。谢尔盖·特里福内奇这样说过：让他好好地向我请求请求吧！让……

——住口，畜生！——格列克突然不顾情面地转向老头骂道，眼睛在黑暗的坑道里闪着凶光。

——我怎么了！我没说什么呀，好，好，我不说了，——赫里亚希叔叔笑着说道。

离工作地点差不多还有一俄里半，从主干道转弯，一组人沿着狭窄弯曲的坑道又走了很久。有些地方必须弯着腰走，不然头就会碰到顶棚。坑道里空气变得越来越潮湿，越来越憋闷。

他们终于来到了采煤工作面。

在坑道狭窄的空地上，工作起来既不能站着，又不能坐着；只能是仰面躺着采煤，这是一种最艰难最繁重的采矿艺术。赫里亚希叔叔和格列克慢慢地默不作声地分开了，他们把灯挂在墙壁的突出处，光着上半身，并排躺了下来。格列克觉得自己很不舒服。三个不眠之夜和可恶的烈性伏特加酒长时间的折磨使他感到非常难受，全身疼痛，好像有人用棍子打了他一样，两只手一点也不听使唤，头像是塞满了煤块似的沉重。然而，为了不损害矿工的尊严，格列克极力克制着自己不能流露出一副病态的样子。

тупая боль, точно кто-то исколотил его палкой, руки слушались с трудом, голова была так тяжела, как будто ее набили каменным углем. Однако Грек ни за что бы не уронил шахтерского достоинства, выдав чем-нибудь свое болезненное состояние.

Молча, сосредоточенно, со стиснутыми зубами вбивал он кайло в хрупкий, звенящий уголь. Временами он как будто бы забывался. Все исчезало из его глаз: и низкая лава, и тусклый блеск угольных изломов, и дряблое тело лежащего с ним рядом дяди Хряща. Мозг точно засыпал мгновениями, в голове однообразно, до тошноты надоедливо, звучали мотивы вчерашней шарманки, но руки сильными и ловкими движениями продолжали привычную работу. Отбивая над своей головой пласт за пластом. Грек почти бессознательно передвигался на спине все выше и выше, далеко оставив за собой слабосильного товарища.

他默默咬紧牙关，聚精会神地把钉子镐打进乌黑疏脆的煤里。有时，他昏迷了，一切都从他的眼前消失了：低低的采煤工作面，煤的黑而发亮的断裂层，和他并排躺着的赫里亚希叔叔那松软的身体。大脑瞬息间好像是入睡了，耳边回响着昨天的手摇风琴声，头嗡嗡直叫，心里厌烦而恶心，可是他双手仍旧有力地不停地干着。格列克把头上的煤一层一层地打下来，几乎不知不觉地仰面朝天地向上越移越高，远远地把身体虚弱的伙伴甩在后边。

Мелкий уголь брызгами летел из-под его кайла, осыпая его вспотевшее лицо. Выворотив большой кусок, Грек только на минуту задерживался, чтобы оттолкнуть его ногой, и опять со злобной энергией уходил в работу. Васька успел уже два раза наполнить тачку и отвезти ее на главную магистраль, где в общих кучах ссыпался уголь, добытый в боковых галереях. Когда он возвращался во второй раз порожняком, его еще издали поразили какие-то странные звуки, раздававшиеся из отверстия лавы. Кто-то стонал и хрипел, как будто бы его душили за горло. Сначала у Васьки мелькнула в голове мысль, что шахтеры дерутся. Он остановился в испуге,

煤屑从他的钉子镐下飞起，溅落在他满是汗水的脸上。一大块煤被打掉后，格列克稍停一会儿，用脚把它踢开，又拼命地干起来。两辆小矿车已被瓦西卡装满，推到主干道上，堆在一个大煤堆里，其他坑道采的煤也都堆到这里。当瓦西卡第二次推着空车回来的时候，从采煤工作面的一个洞口里传来了一种奇怪的声音，这使他大吃一惊。有人在呻吟，声音嘶哑，好像是喉咙被人掐住而喘不过气来。起初，瓦西卡以为是矿工们在打架。突然，他惊奇地听到了赫里亚希叔叔在焦急地呼唤着他。

но его окликнул взволнованный голос дяди Хряща:

— Что же ты стал, щенок? Иди сюда скорее.

Ванька Грек бился на земле в страшных судорогах. Лицо его посинело, на тесно сжатых губах выступила пена, веки были широко раскрыты, а вместо глаз виднелись только одни громадные вращающиеся белки.

Дядя Хрящ совсем растерялся, он то и дело трогал Грека за холодную, трепещущую руку и приговаривал просительным голосом:

— Да, Ванька... да перестань же... ну, будет же, будет...

Это был страшный приступ падучей. Неведомая ужасная сила подбрасывала все тело Грека, искривляя его в безобразных, судорожных позах. Он то изгибался дугой, опираясь только пятками и затылком о землю, то тяжело падал вниз телом, корчился, касаясь коленами подбородка, и вытягивался, как палка, дрожа каждым мускулом.

— Ах, господи, вот история, — бормотал испуганно дядя Хрящ. — Ванька, да перестань же... послушай... Ах ты, боже мой, как это его вдруг?.. Постой-ка, Кирпатый, — вдруг спохватился он, — ты останься постеречь его здесь, а я побегу за людьми.

— Дяденька, а как же я-то? — жалобно протянул Васька.

— Ну, поговори у меня еще! Сказано — сиди, и дело с концом, — грозно прикрикнул дядя Хрящ.

Он поспешно схватил свою поддевку

——你在那儿干什么，翘鼻子？快到这儿来！

万卡·格列克躺在地下，全身可怕地抽搐着。他的脸色发青，紧闭着的双唇上满是涎水沫，眼皮向上翻着，能看到的是一双白眼珠在不时转动。

赫里亚希叔叔慌了手脚，他一边不时地摸着格列克冰冷颤抖着的手，一边以乞求的声音说道：

——万卡……怎么啦……别怕……哎，会好的，会好的……

这是可怕的癫痫疯发作了。一种非常吓人的神秘不解的力量使格列克整个身躯向上跳起，弯曲成难看的痉挛的姿态。他时而把身体弯成弓形，仅仅用后脑勺和后脚跟撑着地，时而身体又沉重地落到地上，痉挛着，时而又像木棍一样身子直挺挺的，每一块肌肉都在颤抖着。

——唉，老天爷，竟出了这样的事！——赫里亚希叔叔害怕地嘟哝着。——万卡，你怎么啦……哎，天啊，你这突然怎么啦？……别忙，翘鼻子，——他突然想起来说，——你在这里守护着他，我跑去叫人。

——叔叔，那我该做些什么……？——瓦西卡悲伤地慢慢说道。

——嘿，你还说什么！坐在这儿，就行啦，——赫里亚希叔叔威严地吆喝道。

他急急忙忙地抓起自己的衣服，边走边

и, на ходу надевая ее в рукава, побежал из галереи.

Васька остался один над бьющимся в припадке Греком. Сколько времени прошло, пока он сидел, прижавшись в угол, объятый суеверным ужасом и боясь пошевельнуться, он не сумел бы сказать. Но понемногу конвульсии, трепавшие тело Грека, становились все реже и реже. Потом прекратилось хрипение, веки закрыли страшные белки, и вдруг, глубоко вздохнув всей грудью, Грек вытянулся неподвижно.

Теперь Ваське стало еще жутче. «Господи, да уж не помер ли?» — подумал мальчик, и от одной этой мысли жуткий холод наежил волосы на его голове. Едва переводя дыхание, он подполз к больному и дотронулся до его голой груди. Она была холодна, но все-таки поднималась и опускалась чуть заметно.

— Дяденька Грек, а дяденька Грек, — прошептал Васька.

Грек не отзывался.

— Дяденька, вставайте! Позвольте, я вас поведу до больницы. Дяденька! ..

Где-то в ближней галерее послышались торопливые шаги. «Ну, слава богу, дядя Хрящ возвращается», — подумал с облегчением Васька.

Однако это был не дядя Хрящ.

Какой-то незнакомый шахтер заглянул в лаву, освещая ее высоко поднятой над головой лампой.

— Кто здесь есть? Живо выходи наверх! — крикнул он взволнованно и повелительно.

— Дяденька, — бросился к нему

把它搭在胳膊上，跑出了坑道。

瓦西卡一个人留在不停地抽搐的格列克身旁。又过了一会儿，他仍然紧靠在充满恐惧的角落里默默地坐着，不敢动一下。格列克的痉挛渐渐轻了些，嘶哑声也停止了，眼皮盖上了可怕的白眼珠，突然间长长地叹了一口气，一动不动地挺直了身子。

此刻，瓦西卡更觉得可怕了。“上帝啊，可别死了？”——他一想到这儿一股可怕的寒流突然传遍全身，顿时毛发悚然。他勉强地倒吸了一口气，爬到了病人身边，伸手摸了摸他赤裸的胸部。虽然冰冷，但仍在微弱地上下起伏着。

——格列克叔叔，格列克叔叔，——瓦西卡小声叫道。

格列克没有反应。

——叔叔，起来！让我把你送到医院去。叔叔！……

从最近的一处坑道里传来了忙乱的脚步声。“好啦，谢天谢地，赫里亚希叔叔总算回来了！”——瓦西卡松了一口气。

然而，这人却不是赫里亚希叔叔。

一个不认识的矿工把灯高高地举过头顶，向采煤工作照着，张望着。

——这里有人吗？赶快上来！——他焦急不安地像发布命令似地喊道。

——叔叔，——瓦西卡向他奔过

Васька, — дяденька, здесь с Греком что-то такое случилось!.. Лежит и не говорит ничего.

Шахтер приблизил свое лицо вплотную к лицу Грека. Но от него только пахнуло острой струей винного перегара.

— Эк его угораздило, — махнул головой шахтер. — Эй, Ванька Грек, вставай! — крикнул он, раскачивая руку больного. — Вставай, что ли, говорят тебе. В третьем номере обвал случился. Слышишь, Ванька!..

Грек промычал что-то непонятное, но не открыл глаз.

— Ну, некогда мне с ним, с пьяным, вожжаться! — нетерпеливо воскликнул шахтер. — Буди его, малец. Да поскорее только. Не ровен час, и у вас обвалится. Пропадете тогда, как крысы...

Голова его исчезла в темном отверстии лавы. Через несколько секунд затихли и его частые шаги.

Ваське поразительно живо представился весь ужас его положения. Каждый миг могут рухнуть висящие над его головою миллионы пудов земли. Рухнут и раздавят, как мошку, как пылинку. Захочешь крикнуть — и не сможешь раскрыть рта... Захочешь пошевельнуться — руки и ноги придавлены землей... И потом смерть, страшная, беспощадная, неумолимая смерть...

Васька в отчаянии бросается к лежащему шахтеру и изо всех сил трясет его за плечи.

— Дядя Грек, дядя Грек, да проснись же! — кричит он, напрягая все силы.

Его чуткое ухо ловит за стенами — и с

去，——叔叔，这里格列克出事了！……躺在那儿，一句话也不说。

矿工把脸紧贴到格列克的脸上，闻到了一股浓烈的酒气味。

——嗨，自作自受！——矿工摆一下手。——喂，万卡·格列克，起来！——他喊了一声，摇了摇病人的手。——是起来，还是怎么样？对你说吧，三号坑道塌方了。听见没有，万卡！……

格列克哼哼哈哈地说了一句听不懂的话，仍然没睁开眼睛。

——嗨，我没有时间和他这个酒鬼泡在一起，耽误时间！——矿工不耐烦地高声嚷道。——唤醒他，小伙子，要快点儿。万一……你们这里会塌下来的。那时，你们就会像老鼠一样完蛋了……

他的身影在黑暗的坑道口消失了，几秒钟后，他急促的脚步声也听不见了。

瓦西卡异常吃惊地想象着自己的处境既可怕而又不堪设想：他头上悬吊着的千百万普特的土随时都可能轰隆一声倒塌下来。他会像一条小虫似地被砸死，像一粒尘屑似地被压在下面。想叫，张不开嘴……想动，挪不动手……只有是死，可怕无情的死……

瓦西卡绝望地向躺在地上的矿工扑去，竭尽全力摇晃着他的肩膀。

——格列克叔叔，格列克叔叔，醒一醒呀！——他鼓足劲喊道。

他敏锐的耳朵听到墙外左右两边传来了

правой и с левой стороны — звуки тяжелых, беспорядочно спешных шагов. Все рабочие смены бегут к выходу, охваченные тем же ужасом, который теперь овладел Васькой, На одно мгновение у Васьки мелькает мысль бросить на произвол судьбы спящего Грека и самому бежать очертя голову. Но тотчас же какое-то непонятное, чрезвычайно сложное чувство останавливает его. Он опять принимается с умоляющим криком теребить Грека за руки, за плечи и за голову.

急促而沉重的杂乱无章的脚步声。这一班工人都从恐怖笼罩着的坑道里涌出来，向井口跑去。此时，瓦西卡也异常害怕了起来。猛然间，他脑海里闪过一个念头：把躺着不动的格列克扔下不管，让他听天由命，自个儿赶快逃跑。但是，一种莫名其妙的特别复杂的感情立刻制止住他。他又开始大声地呼唤着格列克，用力拉他的手，抬他的肩膀和头。

Но голова послушно качается из стороны в сторону, поднятая рука падает со стуком. В эту минуту взгляд Васьки замечает угольную тачку, и счастливая мысль озаряет его голову. Со страшными усилиями приподнимает он с земли грузное, отяжелевшее, как у мертвеца, тело и взваливает его на тачку, потом перебрасывает через стенки безжизненно висящие ноги и с трудом выкатывает Грека из лавы.

但是，他的头从这一边又摆动到另一边，抬起来的手又咚的一声掉下来了。正在这时，瓦西卡的目光一下子落到了运煤的小矿车上，一种幸运的念头应运而生。他用尽全身的力气从地上把又胖又重像死人一样不能动弹的格列克的身体稍微抬起，放到小车上，然后又把他那两条悬垂着的不灵便的腿搭在车壁上，吃力地把格列克推出采煤工作面。

В галереях пусто.

坑道里空无一人。

Где-то далеко впереди слышен топот последних запоздавших рабочих. Васька бежит, делая невероятные усилия, чтобы удержать равновесие. Его худые детские руки вытянулись и обомлели, в груди не хватает воздуха, в висках стучат какие-то железные молоты, перед глазами быстро-быстро вращаются огненные колеса. Остановиться бы, передохнуть немного, взяться поудобнее измученными руками.

从前面不远处传来了最后一批撤出坑道的矿工们的脚步声。瓦西卡跑着，竭力使小车保持平衡。他那干瘦的小手发麻了，僵硬了，胸闷得透不过气来，太阳穴好像被铁锤敲打着，眼前直冒金星。停下来喘口气，松弛一下发木的小手。

«Нет, не могу! »

“不，不能！”

Неизбежная смерть гонится за ним по пятам, и он уже чувствует у себя за спиной

不可避免的死亡在跟踪追赶着他，他已经预感到死亡就在自己的背后扇起了翅膀。

веяние ее крыльев.

Славу богу, последний поворот! Вон вдалеке мелькнул красный огонь факелов, освещающих подъемную машину.

Люди толпятся на платформе.

Скорей, скорей!

Еще одно последнее, отчаянное усилие…

Что же такое, господи! Платформа подымается… вот она исчезла совсем.

«Подождите! Остановитесь!»

Хриплый крик вылетает из Васькиных губ. Огненные колеса перед глазами вспыхивают в чудовищное пламя. Все рушится и падает с оглушительным грохотом…

Васька приходит в себя наверху. Он лежит в чьем-то овчинном зипуне, окруженный целой толпой народа. Какой-то толстый господин трет Васькины виски. Директор Карл Францевич тоже присутствует здесь. Он ловит первый осмысленный взгляд Васьки, и его строгие губы шепчут одобрительно:

— Oh! mon brave garcon! О, ти храбрий мальшик!

Этих слов Васька, конечно, не понимает, но он уже успел разглядеть в задних рядах толпы бледное и тревожное лицо Грека. Взгляд, которым эти два человека обмениваются, связывает их на всю жизнь крепкими и нежными узами.

上帝保佑吧，最后一道转弯啦！

瞧，远处在闪烁着火炬的红光，这光把卷扬机照得通亮。

人们都聚集在罐笼车旁。

快点儿！快！快！……

拼命再加最后一把劲儿……

这是怎么一回事，天啊！罐笼车升起来了……刹那间就无影无踪了。

“等一等！停一下！”

瓦西卡嘶哑地喊叫着，他眼前直冒金花，头嗡嗡作响，霎时间天旋地转，好像一切都塌了一样。他双腿一软，咕咚一声栽倒在坑道里……

矿井上面，瓦西卡慢慢地苏醒了。他不知躺在谁的羊皮上衣里，四周围满了人。一位胖胖的先生在抚摩着瓦西卡的太阳穴。矿长卡尔·弗兰采维奇也在这里。他第一个发现瓦西卡睁开懂事而聪明的眼睛，用法国话低声赞叹道：

——噢，多么勇敢的少年啊！

这些话瓦西卡当然听不懂，但是他已经在人群的后几排看清了格列克苍白不安的面孔。这对相互交换着感情的眼睛将把他们永远永远地连接在一起。

Слова, Словосочетания и Фразы

1. не́дра
   В НЕ́ДРАХ ЗЕМЛИ́
2. Гололобо́вская ша́хта

单词、词组和句型

1. 地下，深处
   在地下(文章标题)
2. 戈洛洛鲍夫斯基矿井

3. огро́мный зелене́ющий горизо́нт сте́пи	3. 辽阔草原的绿色地平线
4. шахтёр	4. 矿工
5. гла́вный ствол	5. 主井筒
6. платфо́рма	6. (矿)罐笼车，(铁路)平车，(马拉的)大板车，(海)平台甲板，(潜艇)舰桥，绞车甲板
7. Ва́ська Кирпа́тый (= Курно́сый)	7. 翘鼻子瓦西卡
8. спусти́ться в ша́хту	8. 下井(矿井)
9. не кури́ть, не пить и не скве́рно слови́ть	9. 不吸烟，不喝酒，不说下流话
10. однолéтки-рабо́чие	10. 同龄工人们
11. всё поголо́вно напива́ться до бесчу́вствия	11. 醉得不省人事
12. игра́ть на де́ньги в ка́рты	12. 赌钱打牌
13. не выпуска́ть папиро́сы изо рта	13. 烟不离口
14.ште́йгер[тэ]	14. 采矿工长，采矿技师
15. вы́звать взрыв громо́вого хохо́та	15. 引起哄堂大笑
16. не мочь привы́кнуть к у́гольной рабо́те и к шахтёрским нра́вам и обы́чаям	16. 还不习惯采煤工作和矿井的风俗人情
17. По его приказа́ниям веду́тся но́вые галере́и и де́лаются забо́и.	17. 根据他的命令开辟着新的坑道和工作面。
18. неразгово́рчивый	18. 不爱说话的，少言寡语的
19. дире́ктор ша́хты	19. 矿长
20. дать кому кли́чку	20. 给某人起外号
21. предста́вить себе́ что-то	21. 想象某事
22. От кого па́хнет какими-то удиви́тельными сла́дкими цвета́ми.	22. 从某人身上散发出一股使人惊奇的甜蜜的花香
23. зве́рская среда́	23. 野蛮的环境
24. в отча́янии броса́ться к кому́	24. 绝望地向某人扑去
25. изо всех сил трясти́ кого́ за плеч	25. 竭尽全力摇晃着某人的肩膀
26. крича́ть, напряга́я все си́лы	26. 鼓足劲喊叫
27. На одно́ мгнове́ние у кого мелька́ет мысль…	27. 猛然间某人的脑海闪过一个念头……
28. бро́сить кого на произво́л судьбы́	28. 把某人扔下不管，任他听天由命
29. кому самому́ бежа́ть очертя́ го́лову	29. 某人自个儿轻率地逃跑
30. Какое-то непоня́тное, чрезвыча́йно сло́жное чу́вство остана́вливает кого.	30. 以一种莫名其妙的特别复杂的感情制止住某人。
31. теребі́ть кого за ру́ки, за пле́чи и за го́лову	31. 拉(扯、揪、抻)某人的手，抬某人的肩膀和头
32. со стра́шными уси́лиями приподня́ть	32. 用尽全身力气把某人(某物)稍微抬起

кого-что	
33. с трудóм выкáтывать кого из лáвы	33. 吃力地把某人推出采煤工作面
34. Неизбéжная смерть гóнится за кем по пятáм	34. 不可避免的死亡在跟踪追赶着某人
35. Слáва бóгу!	35. 谢天谢地！
36. Что же такóе, гóсподи!	36. 这是怎么回事，天啊！
37. приходúть в себя́	37. 苏醒
38. свя́зывать кого на всю жизнь крéпкими и нéжными ýзами	38. 把某人永远紧密地连接在一起

ДЕТСКИЙ САД

Илья Самойлович Бурмин служил старшим писцом в сиротском суде. Когда он овдовел, ему было около пятидесяти лет, а его дочке — семь. Сашенька была девочкой некрасивой, худенькой и малокровной; она плохо росла и так мало ела, что за обедом каждый раз приходилось ее стращать волком, трубочистом и городовым. Среди шума и кипучего движения большого города она напоминала те чахлые травинки, которые вырастают — бог весть каким образом — в расщелинах старых каменных построек.

Однажды она заболела. Вся ее болезнь заключалась в том, что она по целым дням безмолвно сидела в темном уголку, равнодушная ко всему на свете, тихая и печальная. Когда Бурмин ее спрашивал: «Что с тобой, Сашенька?» — она отвечала жалобным голосом: «Ничего, папа, мне просто скучно»...

Наконец Бурмин решился позвать доктора, жившего напротив. Доктор спустился в подвал, где Бурмин занимал правый задний угол, и долго искал места для своей енотовой шубы. Но так как все места были сыры и грязны, то он остался в шубе. Кругом его, но на почтительном расстоянии, столпились бабы — обитательницы того же подвала — и, подперши подбородки ладонями, глядели на доктора жалостными глазами и вздыхали, слыша слова « апатия », «анемия» и «рахитическое сложение».

第三篇 儿 童 公 园

伊利亚·萨莫伊洛维奇·布尔明是孤儿法院的一等录事。妻子去世的时候，他五十多岁，而他的女儿才七岁。萨申卡是一个生相不漂亮的瘦瘦的女孩子，患有贫血病。她长得不结实，吃得非常少。每当吃饭的时候，不得不拿狼、扫烟囱工人和警士来吓唬她。在大城市的喧哗吵嚷声中，她像是一棵生长在石头缝里的(天晓得是什么样的)枯萎着的小草。

有一次她病了。整天默不作声地坐在黑暗的角落里，显得对一切都很冷淡的样子。当布尔明问她："你怎么了，萨申卡?"——她用悲哀的声音回答道："没什么，爸爸，我只是有些烦闷……"

布尔明终于下决心请来了住在对面的医生。医生走进了地下室(布尔明一家占着地下室的右后半间)，很久也未找到一个挂貂皮大衣的地方，到处都很脏又很潮湿，所以只好穿着它。在离他有相当一段距离的四周，一群住在地下室里的女人用手掌托着下巴，以哀苦的眼睛望着医生，叹着气，嘟喃着"可怜""贫血""患佝偻病的体格"……

— Ей нужно хорошее питание, — сказал строгим тоном доктор, — крепкий бульон, старый портвейн, свежие яйца и фрукты.

— Да, да… так, так, так, — твердил Илья Самойлович, привыкший еще у себя в сиротском суде к подобострастному согласию со всяким начальством.

В то же время он сокрушенно глядел вверх, на зеленые стекла окна и на пыльные герани, медленно умиравшие в промозглой атмосфере подвала.

— Всего важнее свежий воздух… Я бы особенно рекомендовал вашей дочери южный берег Крыма и морские купанья…

— Да, да, да… Так, так…

— И виноградное лечение…

— Так-с, так-с… Виноградное…

— А главное, повторяю, свежий воздух и зелень, зелень, зелень… Затем, извините… Чрезвычайно занят… Что это? Нет, нет… не беру, с бедных не беру… Всегда бесплатно … Бедных всегда бесплатно… До свиданья-с.

Если бы у Ильи Самойловича потребовали для благополучия его дочери отдать на отсечение руку (но только — левую, правой он должен был писать), он ни на секунду не задумался бы. Но старый портвейн и — 18 рублей и 33 1/3 копеек жалованья…

Девочка хирела.

— Ну, скажи мне, Сашурочка, скажи, моя кисинька, чего бы ты хотела? спрашивал Илья Самойлович, с тоской глядя в большие серьезные глаза дочери.

— Ничего, папа…

— Хочешь куклу, деточка? Большую

——她需要加强营养，——医生用严肃的声调说道，——肉羹、陈波尔特温酒（一种浓葡萄酒）、鲜蛋和水果。

——是……是……是这样，是这样，是这样，——伊利亚·萨莫伊洛维奇反复地说道，就像在孤儿法院里习惯地对上司低三下四一样。

此时，他忧愁地望着楼板、沾满灰尘的玻璃，望着地下室里污浊憋闷的空气中渐渐枯萎了的天竺葵。

——最要紧的是新鲜空气……我建议您的女儿最好到克里米亚南岸一带去做海水浴。

——是，是，是……是这样，是这样……

——还有葡萄疗法。

——是的，是的……葡萄疗法…

——而主要的，再重复一遍，新鲜空气，绿色植物，绿色，绿色……对不起，……我还很忙……这是什么？不，不，不收，不收穷人的……一向免费……对穷人总是免费……再见！

假如为了女儿的健康，要伊利亚·萨莫伊洛维奇砍掉一只手献出来（当然是左手，右手还要留下写字呢！），他会毫不犹豫。但是一瓶陈波尔特温酒要花去十八卢布三十三又三分之一戈比的俸禄……

女儿一天天消瘦了。

——喂，告诉我，萨舒萝奇卡，告诉我，我的宝贝，你想要什么？——伊利亚·萨莫伊洛维奇问道，忧愁地瞧着女儿的一双严肃的大眼睛。

——什么都不要，爸爸……

——想要布娃娃吗，孩子？要一个大的

куклу, которая закрывает глаза?

— Нет, папа. Ску-учно.

— Хочешь конфетку с картинкой? Яблочко? Башмачки желтые?

— Скучно!

Но однажды у нее явилось маленькое желание. Это случилось весной, когда пыльные герани ожили за своим зеленым стеклом, покрытым радужными разводами.

— Папа… в сад хочу… Возьми в сад… Там… листики зелененькие… травка… как у крестной в садике… Поедем к крестной, папочка…

Она только раз и была в саду, года два тому назад, когда провела два дня на даче у крестной матери, жены письмоводителя мирового судьи… Она, конечно, не могла помнить, как сенсационно швыряла «письмоводителька» чуть ли не в лицо своим кумовьям стаканами со спитым чаем, и как умышленно громко, тоном сценического à part(法语=про себя), ворчала она за перегородкой о всякой шушере, перекатной голи, которая и так далее…

— Хочу к крестной в сад, папочка…

Хорошо, хорошо, деточка, не плачь, кисюринька моя, вот будет хорошая погодка, и в садик тогда пойдешь…

Наступила наконец хорошая погодка, и Бурмин отправился с дочкой в общественный сад. Сашенька точно ожила. Она, конечно, не посмела принять участия в делании из песка котлет и вкусных пирожных, но глядела на других детей с нескрываемым удовольствием. Сидя неподвижно на высокой садовой скамеечке, она казалась такой бледной и болезненной среди этих краснощеких, мясистых детей,

会闭眼睛的布娃娃吗？

——不，爸爸，烦……闷……

——要糖果吗？苹果要吗？要不要一双黄色的小鞋？

——烦闷！

有一次，她有一个小小的心愿。那是一个春天，当落满灰尘的天竺葵披上了带有花纹绿装的时候。

——爸爸……想到公园去……送我去公园……那里……叶子绿油油的……草……就像教母小花园里的……我们到教母那里去吧，爸爸……

她仅仅去过一次小花园，那是在两年前。她在教母（一个调解法官文牍员的妻子）的别墅里过了两天……她当然不可能记得她怎样把一个装满了淡茶的杯子差点儿投到文牍员（她的教父）的脸上，怎样以演员的腔调故意大声地在隔壁的房间里对乞丐、流氓发牢骚。

——爸爸，我想到教母的小花园去……

——好，好，孩子，别哭，我的小姐，天气一好，你就去小花园……

好天气终于来到了，布尔明领着女儿来到了市内公园。萨申卡确实精神焕发了。她当然不敢和孩子们一起玩沙子（用沙子做肉饼和好吃的甜点），但却隐藏不住内心的喜悦，满脸微笑地看着他们。她一动不动地坐在公园里的高凳子上，和那些两腮红红的胖孩子相比，她当然显得脸色苍白、面容憔悴，一副病态的样子。一位严肃的胖太太从她身旁走过的时候，故意对着一棵绿荫如盖的老椴树说道：

что одна строгая и полная дама, проходя мимо нее, произнесла, обращаясь, по-видимому, к старой, тенистой липе:

—Удивляюсь, чего это полиция смотрит?.. Пускают в сад больных детей … Какое безобразие! Еще других перезаразят…

Замечание строгой дамы не удержало бы, без сомнения, Илью Самойловича от удовольствия видеть лишний раз радость дочери, но, к сожалению, городской сад находился очень далеко от Разбойной улицы. Девочка не могла пройти пешком и ста саженей, а конка туда и обратно обходилась обоим сорок четыре копейки, то есть гораздо более половины дневного жалованья Ильи Самойловича. Приходилось ездить только по воскресеньям.

А девочка все хирела. Из ума Бурмина между тем не выходили слова енотового доктора о воздухе и зелени.

«Ах, если бы нам воздуху, воздуху, воздуху!» — сотни и тысячи раз твердил про себя Илья Самойлович.

Эта мысль обратилась у него чуть ли не в пункт помешательства. Почти напротив его подвала простирался огромный пустырь городской земли, где попеременно то в пыли, то в грязи купались обывательские свиньи. Мимо этого пустыря Илья Самойлович никогда не мог пройти без глубокого вздоха.

— Ну, что стоит здесь развести хоть самый маленький скверик? — шептал он, покачивая головой. — Детишкам-то, детишкам-то как хорошо будет, господа!

С планом превращения этого пустыря он как истый фанатик идеи носился всюду. Его на службе даже прозвали «пустырем».

——太奇怪了，警察干什么去啦？……让一个有病的孩子进公园来……真是岂有此理！病会传染给别人……

这位太太的话当然不能阻止伊利亚·萨莫伊洛维奇由于高兴而来回用力地亲吻自己女儿那苍白的小脸蛋儿。然而，令人遗憾的是，市内公园离拉兹博伊内大街太远。女孩连步行一百多俄丈都不能，而坐马车往返一趟就要花四十四戈比，也就是伊利亚·萨莫伊洛维奇一天薪资的一多半。只好每个星期来一次了。

女孩一天天地瘦弱下去了。这时，布尔明想起了穿貂皮大衣的医生说的话：新鲜空气、绿色植物。

“哎哟，我们需要新鲜空气、空气、空气！”——伊利亚·萨莫伊洛维奇接连不断地自言自语地重复着。

这种想法差一点使他神经错乱。地下室的正对面是一块很大的尘土飞扬的空地，居民们家的猪时而在灰尘里，时而在污泥里轮流打滚。每当路过此地时，伊利亚·萨莫伊洛维奇不得不为之深深地叹息。

——唉，哪怕在这儿开辟一个顶小的公园也好！——他摇晃着脑袋，低声地说道。——孩子们，孩子们在这种环境里怎么能长好呢，天啊！上帝啊！

作为一个想改造这块空地的热衷人，他拿着一份平面图四处奔波。办公室的同事们甚至给他起了一个外号，叫他“空地”。有

Однажды кто-то посоветовал Илье Самойловичу:

— А вы бы написали проектец и подали бы в городскую Думу…

— Ну? — обрадовался и испугался Илья Самойлович.

— В Думу, вы говорите?

— В Думу. Самое простое дело. Так и так, мол, состоя в звании обывателя… в виду общей пользы, украшения, так сказать, города… ну, и все такое.

Проект был написан через месяц, проект безграмотный, бессвязный и наивный до трогательности. Но если бы каждый штрих его каллиграфических букв сумел вдруг заговорить с той страстной надеждой, с какой его выводила на министерской бумаге рука Ильи Самойловича, тогда, без сомнения, и городской голова, и управа, и гласные побросали бы все текущие дела, чтобы немедленно осуществить этот необычайно важный проект.

Секретарь велел прийти через месяц, потом через неделю, потом опять через неделю. Наконец он ткнул бумагой чуть ли не в самый нос Бурмина и закричал:

— Ну, чего вы лезете? Чего? Чего? Чего? Это дело не ваше, а городского самоуправления!

Илья Самойлович поник головой. «Самоуправления, — скорбно шептали его губы… — Да, вот оно, штука-то само-упра-вления!»

Потом секретарь вдруг спросил строгим тоном, где служит Илья Самойлович. Бурмин испугался и стал просить извинения. Секретарь извинил, и Бурмин, скомкав бумагу, поспешно выбежал из

一次，一个人向伊利亚·萨莫伊洛维奇建议道：

——您最好草拟一份计划，送到市议会……

——真的？——伊利亚·萨莫伊洛维奇又高兴，又胆怯。

——你说什么，市议会？

——市议会。很简单的一件事。就这样，以居民们的名义……为了公共利益，就说，为了美化城市……就这么说。

一个月后，计划拟好了。计划虽小，没有连贯性，也不系统，但却写得天真感人。假如伊利亚·萨莫伊洛维奇那怀着极强烈的希望在公文纸上写出的每一个很工整的字突然间都会说话的话，那么，毫无疑问，市长、市议会、议员们都会丢下全部日常事务，立即来实施这份异常重要的计划。

议会记录员吩咐他过一个月来，然后又说过一周，后来又说再过一周，最后他把纸差点儿戳道布尔明的鼻尖上，喊道：

——嘿，你拼命往上爬什么？爬什么？爬什么？这件事与你有什么相干，这是市政机关的事！

伊利亚·萨莫伊洛维奇低下了头。“市政机关，——他伤心地小声嘟哝着……——是，这……是……市政机关……”

后来，议会记录员突然用严厉的声调问他在哪里供职。他害怕了，请求饶恕。记录员宽恕了他。布尔明把纸揉成一团扔掉了，急急忙忙地走出了市议会大厅。

Думы.

Но неудача не убила его деятельности пропагандиста. Только теперь в его уме к образу Сашеньки, продолжавшей хиреть без солнца и воздуха, присоединились бледные личики многих сотен других детей, задыхавшихся, подобно его дочери, в подвалах и на чердаках. Поэтому он настойчиво являлся со своим проектом и в полицию, и в военное ведомство, и к мировым судьям, и к частным благотворителям. Конечно, отовсюду его прогоняли.

然而，失败并没有阻碍他的宣传活动。只是此时此刻他的脑海里才把萨申卡的形象，由于缺乏阳光和新鲜空气而继续消瘦下去的萨申卡的形象，同千百个其他孩子的苍白的小脸连在一起。这些孩子也像他的女儿一样，气喘吁吁地住在地下室或阁楼间。他拿着计划，鼓足勇气，来到警察局、军事机关，找过调解法官、私人慈善家。当然，他所到之处都将他赶了出来。

Один из-его сослуживцев, копиист Цытронов, считался очень светским человеком, потому что посещал трактир «Юг» и читал единственную городскую газету — «Непогрешимый». Он как-то, не то шутя, не то серьезно, сказал Илье Самойловичу:

他的同事齐特伦诺夫录事被认为是上流社会的人物，因为经常出入“尤格”饭馆，常读唯一的市报——《绝对正确报》。他有一次不知是开玩笑，还是认真地对伊利亚·萨莫伊洛维奇说道：

— Вот если бы про этот пустырь продернуть в фельетоне, тогда было бы дело другого рода… Вы не читали никогда фельетонов «Скорпиона»?.. Какое перо! Так прямо и катает: у Николая Николаича, мол, гордая походка и левое плечо выше правого. Ядовитый господин!

——假如关于这块空地在报上的小品文栏里提出严厉批评，那事情就好办了……您是否读过笔名为“蝎子”的小品文？……多好的文笔呀！犀利，尖锐，一针见血，文章这样写道：尼古拉·尼古拉伊奇走路的样子傲慢，左肩比右肩高，是一位恶毒的老爷！

Скрепя сердце переступил Илья Самойлович порог редакции (в Думу он шел гораздо смелее). В большой комнате, пахнущей резиной и типографской краской, сидело за столом пять косматых мужчин. Все они выстригали из огромных куч газет какие-то четырехугольные кусочки и зачем-то наклеивали их на бумагу.

伊利亚·萨莫伊洛维奇提心吊胆地迈进编辑部的大门坎儿(但他比进市议会厅要勇敢得多)。在一间有一股橡胶和印刷油气味的大房间里，桌旁坐着五个头发乱蓬蓬的男子。他们正在从一大堆报纸里剪下一些小方块，贴在一张纸上。

Как ни добивался Илья Самойлович, чтобы ему показали «Скорпиона», он не успел в этом.

无论伊利亚·萨莫伊洛维奇怎样设法请他们告诉他小品文作者“蝎子”的信息，他们都不答应。

— Скажите сначала, зачем вам его надо, — говорили ему косматые мужчины, —

——请先说一说您为什么找他，——那些头发蓬乱的男子对他说道，——难道您不

разве вы не знаете, что псевдоним сотрудника есть редакционная тайна?

明白笔名的作者编辑部应该保密吗？

Однако, когда Илья Самойлович рассказал им свой заветный проект, косматые мужчины сделались откровенны и обещали Бурмину свое покровительство.

但是，当伊利亚·萨莫伊洛维奇向他们谈了自己朝思暮想的计划时，那些头发蓬乱的男子变得心软了，答应给布尔明保密。

А Сашенька уже не вставала с кровати и лежала в ней бледная, вытянувшаяся, с носиком, заострившимся, как у мертвеца.

萨申卡已经起不来了，她脸色苍白，直挺挺地躺在床上，瘦得鼻子都尖了起来，活像死人一般。

— Хочу в садик, папочка, в садик, скучно мне, папа, — твердила она тоскливым голосом.

——想到公园去，爸爸，到公园去，我烦闷，爸爸，——她以痛苦的声音反复说道。

Может быть, ее больной организм инстинктивно жаждал чистого воздуха, подобно тому как рахитические дети бессознательно едят мел и известь?

也许，她的病体本能地需要新鲜空气，正像一个患佝偻病的孩子不由自主地吃白垩土和石灰一样。

Бурмин старался согреть поцелуями ее худенькие, холодные руки и говорил ей неожиданные, трогательные слова, которые становятся такими смешными в чужой передаче.

布尔明用力地亲吻她那一双消瘦的冰冷的小手，向她说些出人意料的动听的话，这些话听起来令人发笑。

Весной, когда иссохшие герани потянулись опять к солнцу, Сашенька умерла. Подвальные бабы обмыли ее и обрядили и положили сначала на стол, а потом в гроб. Илья Самойлович точно окаменел. Он не плакал, не произносил ни слова и не отводил глаз от маленького бледного личика.

春天到了，枯萎的天竺葵又向太阳抬起了头，然而，萨申卡却离开了。地下室的女人们给她洗了身子，穿上衣服，先放在桌上，然后装进棺材。伊利亚·萨莫伊洛维奇呆若木鸡。他没有哭，也不说一句话，苍白的小脸上眼珠一动也不动。

Только в день похорон, когда убогая процессия проходила мимо пустыря, он немного оживился. На пустыре копошились с лопатами десятка два рабочих.

只是在安葬的那一天，当简单的出殡行列路过空地的时候，他才清醒了一点儿。二十几个工人拿着铁锹在空地上慢慢地弄着什么。

— Что же это такое? — спросил Илья Самойлович Яковлевну, свою соседку по подвалу, торговавшую на базаре селедками.

——他们在干什么？——伊利亚·萨莫伊洛维奇向他地下室的邻居，在市场上卖鲱鱼的雅科夫列夫娜问道：

— Чи я знаю? — ответила Яковлевна сквозь обильные слезы. — Кажут люды,

——我怎么能知道呢？——雅科夫列夫娜噙着一大串眼泪回答道……，——据说，

що якыйсь садок тут посталять. Дума... чи як ей?..

Тогда Илья Самойлович вдруг прерывисто вздохнул, перекрестился, и громкие облегчающие рыдания неудержимо вырвались из его груди.

— Ну, вот и слава богу, и слава богу, — сказал он, обнимая Яковлевну. Теперь и у наших деточек свой садик будет. А то разве нам можно на конках ездить, Яковлевна? Ведь это не шутка — сорок четыре копейки туда и обратно.

要在这里开辟一个小公园。市议会……？

这时，伊利亚·萨莫伊洛维奇突然间断断续续叹着气，画着十字，从内心深处发出了一种抑制不住的哭声。这哭声显然减轻了他的一些痛苦。

——嘿，谢天谢地！谢天谢地！——他一边说，一边拥抱着雅科夫列夫娜。——现在我们的孩子们将会有自己的小公园啦！不然，我们是坐不起马车的，雅科夫列夫娜，是吗？这可不是开玩笑，要知道往返一次要花去四十四戈比哩！

Слова, Словосочетания и Фразы

1. писéц
   стáрший писéц
2. сирóтский суд
3. служи́ть кем-чем
4. вдовéть-овдовéть
5. малокрóвный
   малокрóвная дóчка
6. страшáть кого кем-чем
7. шум и кипýчее движéние
8. чáхлые трави́нки, котóрые вырастáют в расщéлинах стáрых кáменных пострóек
9. бог весть каки́м óбразом
10. Что с тобóй?
11. спусти́ться в подвáл
12. енóтовая шýба
13. подпирáть-подперéть подборóдки ладóнями
14. привы́кнуть к подобострáстному соглáсию со вся́ким начáльством
15. с тоскóй глядéть в чьи больши́е серьёзные глазá
16. 18 рублéй 33 и 1/3 копéек жáлованья
17. крёстная мать

单词、词组和句型

1. 录事，司书
   一等录事，一级司书
2. 孤儿法院
3. 供职，担任某职务
4. 丧偶；守寡
5. 贫血的
   患有贫血病的女孩
6. 用什么吓唬某人
7. 喧哗吵嚷声
8. 生长在石头缝里的枯萎的小草
9. 天晓得怎么样
10. 你怎么了？
11. 走进地下室
12. 貂皮大衣
13. 用手掌托着下巴
14. 习惯于对上司低三下四(卑躬屈节)
15. 忧愁地瞧着某人的一双严肃的大眼睛
16. 十八卢布三十三又三分之一戈比的俸禄
17. 教母

18. мировóй судья́	18. 民事法官，治安法官
19. письмоводи́тель	19. (旧)文牍员，办事员
20. швыря́ть что чуть ли не в лицó	20. 差一点把某物投到脸上
21. à part（法语 = про себя́）	21. 心里，暗自；默然
22. каза́ться блéдней и болéзненной	22. 显得脸色苍白、面容憔悴，一副病态的样子
23. Какóе безобра́зие!	23. 真是岂有此理！
24. без сомнéния	24. 毫无疑问，当然
25. к сожалéнию	25. 令人遗憾
26. находи́ться óчень далекó от чего	26. 离……太远
27. Приходи́лось éздить тóлько по воскресéньям.	27. 只好每个星期来一次。
28. пока́чивать головóй	28. 摇晃着脑袋，摇头晃脑
29. проси́ть извинéния	29. 请求宽恕
30. космы́тый мужчи́на	30. 头发蓬乱的男子
31. тверди́ть тоскли́вым гóлосом	31. 用痛苦的声音反复说道
32. не произноси́ть ни слóва	32. 没说一句话
33. Сла́ва бóгу!	33. 谢天谢地！

ТАПЕР

Двенадцатилетняя Тиночка Руднева влетела, как разрывная бомба, в комнату, где ее старшие сестры одевались с помощью двух горничных к сегодняшнему вечеру. Взволнованная, запыхавшаяся, с разлетевшимися кудряшками на лбу, вся розовая от быстрого бега, она была в эту минуту похожа на хорошенького мальчишку.

— Mesdames, а где же тапер? Я спрашивала у всех в доме, и никто ничего не знает. Тот говорит — мне не приказывали, тот говорит — это не мое дело … У нас постоянно, постоянно так, — горячилась Тиночка, топая каблуком о пол. — Всегда что-нибудь перепутают, забудут и потом начинают сваливать друг на друга…

Самая старшая из сестер, Лидия Аркадьевна, стояла перед трюмо. Повернувшись боком к зеркалу и изогнув назад свою прекрасную обнаженную шею, она, слегка прищуривая близорукие глаза, закалывала в волосы чайную розу. Она не выносила никакого шума и относилась к « мелюзге » с холодным и вежливым презрением. Взглянув на отражение Тины в зеркале, она заметила с неудовольствием:

— Больше всего в доме беспорядка делаешь, конечно, ты, — сколько раз я тебя просила, чтобы ты не вбегала, как сумасшедшая, в комнаты.

Тина насмешливо присела и показала зеркалу язык. Потом она обернулась к другой сестре, Татьяне Аркадьевне, около

第四篇　钢琴伴奏师

十二岁的季娜·鲁德涅瓦非常着急地跑进屋子，她的姐姐们正在两个侍女的服侍下更换衣服准备参加今天的晚会。她非常焦急，跑得上气不接下气，一绺卷发散落在前额上，脸色绯红，活像个淘气的野小子。

——小姐们，钢琴伴奏师究竟在哪里呀？我问过家中所有的人，他们谁也不知道。有的说，又没交给我管；有的说，这与我无关……我们家里人总是这样，——季诺奇卡用鞋后跟跺了一下地板，心急地说道。——总是爱瞎说，过后就互相推卸责任……

大姐莉季娅·阿尔卡季耶夫娜站在梳妆台前，侧身对着镜子，把她那迷人的裸露在外的脖子稍稍往后低下一点，微微眯缝起近视眼，把一朵月季花别到头发上。她听不得半点儿吵嚷声，对“小孩子们”总是报以冷淡、粗鲁、鄙视的态度。当她在镜子里发现季娜的影子后，极不满意地埋怨道：

——就是你把家里弄得最乱——我对你说过多少次了，叫你别像疯子似的往屋里跑，可你就是不听。

季娜不服气地蹲下来，对着镜子做了个怪相。然后她转向另一个姐姐——塔吉娅娜·阿尔卡季耶夫娜。塔吉娅娜身边一个女成衣匠正在忙乎着，仓促地给她缭着浅蓝色裙

которой возилась на полу модистка, подметывая на живую нитку низ голубой юбки, и затараторила:

— Ну, понятно, что от нашей Несмеяны-царевны ничего, кроме наставлений, не услышишь. Танечка, голубушка, как бы ты там все это устроила. Меня никто не слушается, только смеются, когда я говорю... Танечка, пойдем, пожалуйста, а то ведь скоро шесть часов, через час и елку будем зажигать...

Тина только в этом году была допущена к устройству елки. Не далее как на прошлое рождество ее в это время запирали с младшей сестрой Катей и с ее сверстницами в детскую, уверяя, что в зале нет никакой елки, а что «просто только пришли полотеры». Поэтому понятно, что теперь, когда Тина получила особые привилегии, равнявшие ее некоторым образом со старшими сестрами, она волновалась больше всех, хлопотала и бегала за десятерых, попадаясь ежеминутно кому-нибудь под ноги, и только усиливала общую суету, царившую обыкновенно на праздниках в рудневском доме.

Семья Рудневых принадлежала к одной из самых безалаберных, гостеприимных и шумных московских семей, обитающих испокон века в окрестностях Пресни, Новинского и Конюшков и создавших когда-то Москве ее репутацию хлебосольного города. Дом Рудневых — большой ветхий дом доекатерининской постройки, со львами на воротах, с широким подъездным двором и с массивными белыми колоннами у парадного — круглый год с утра до поздней ночи кишел народом. Приезжали

子的下摆。季娜絮絮不休地对姐姐说道：

——嘿！看见了吧，我们严肃的公主除了教训人以外什么话都不会说。塔涅奇卡，亲爱的，只有你最好……谁也不把我放在眼里，只要我一说话，别人就讥笑……塔涅奇卡，我们去吧，要知道快六点了，再过一小时松树游玩会就要开始了。

季娜只是在今年才被准许参加松树游玩会的。去年的圣诞节，也正是这个时候，她和妹妹卡佳，还有她的伙伴们被锁在儿童间里，哄她们说大厅里不举行松树游玩会，只有一些“地板打蜡工”。因此，毫不奇怪，现在当季娜得到了一种在某种程度上可以和姐姐们相比的特权的时候，心里特别激动，她忙忙碌碌，来回跑动，一刻不停地跟别人纠缠捣乱，这使鲁德涅夫全家节日里更增加了忙乱的气氛。

鲁德涅夫的家属于莫斯科最好客然而又是最无条理、杂乱无章的家庭之一。这种家庭自古以来就住在普列斯尼亚、诺文斯基和科纽什克四郊，并因好客而使莫斯科享有慷慨好客城的盛名。鲁德涅夫的房子属于叶卡捷琳娜时代以前的老式房子，大而旧，门前有一对狮子，宽敞的院子还有大门道，正门有结实的白色圆柱子。一年到头，从早到晚，来往客人络绎不绝，不速之客的到来真够“出人意料”：有时来的是纳罗夫恰茨基庄园或英萨尔斯基庄园上的邻居，有时来的是从来既未见过面又没听说过的远方亲戚，他们一住就是几个月。那些外貌随着年龄的

без всякого предупреждения, «сюрпризом», какие-то соседи по наровчатскому или инсарскому имению, какие-то дальние родственники, которых до сих пор никто в глаза не видал и не слыхал об их существовании, — и гостили по месяцам. К Аркаше и Мите десятками ходили товарищи, менявшие с годами свою оболочку, сначала гимназистами и кадетами, потом юнкерами и студентами и, наконец, безусыми офицерами или щеголеватыми, преувеличенно серьезными помощниками присяжных поверенных. Девочек постоянно навещали подруги всевозможных возрастов, начиная от Катиных сверстниц, приводивших с собою в гости своих кукол, и кончая приятельницами Лидии, которые говорили о Марксе и об аграрной системе и вместе с Лидией стремились на высшие женские курсы. На праздниках, когда вся эта веселая, задорная молодежь собиралась в громадном рудневском доме, вместе с нею надолго водворялась атмосфера какой-то общей наивной, поэтической и шаловливой влюбленности.

增长而改变的小伙伴们，好几十好几十地来找阿尔卡沙和米佳，他们起初是普通中学或武备中学的同学，后来是军官学校或大学的同学，最后是无髭须的军官或衣着考究的过于严厉的助理律师。来拜访女孩的是那些年龄相仿的女伴们，她们从手里抱着洋娃娃来作客的卡佳的小伙伴一直到高谈马克思、土地制度和渴望读高等女子学校的莉季娅的女朋友们。节日里，每当这些愉快的充满热情的年轻人欢聚在鲁德涅夫斯基家里的时候，这个家庭就充满了一种天真幼稚富于幻想的顽皮淘气的气氛。

Эти дни бывали днями полной анархии, приводившей в отчаяние прислугу. Все условные понятия о времени, разграниченном, «как у людей», чаем, завтраком, обедом и ужином, смешивались в шумной и беспорядочной суете. В то время когда одни кончали обедать, другие только что начинали пить утренний чай, а третьи целый день пропадали на катке в Зоологическом саду, куда забирали с собой гору бутербродов. Со стола никогда не убирали, и буфет стоял открытым с утра до вечера. Несмотря на это, случалось, что

这些日子使仆人们陷入忙乱的苦境之中。“一般的人”能区分开来的吃茶点、早餐、中餐、晚餐的相对时间概念在这个家庭里早已被吵闹而杂乱无章的忙碌混淆不清了。当一批人吃完中饭的时候，另一批人刚刚开始吃早点，还有一批人则整天在动物园的溜冰场上消磨时光，随身带去一包一包的夹火腿或腊肠的面包片。餐桌从来没闲下来过，餐厅从早到晚都开着。即便如此，还常常出现这种现象：半夜里，青年人从戏园里回来以后，肚子又饿了。这时，餐厅早已收拾干净，他们就派一个代表到厨房来请阿金菲奇做点“好吃的东西”。老酒鬼、烹饪能

молодежь, проголодавшись совсем в неуказанное время, после коньков или поездки на балаганы, отправляла на кухню депутацию к Акинфычу с просьбой приготовить «что-нибудь вкусненькое». Старый пьяница, но глубокий знаток своего дела, Акинфыч сначала обыкновенно долго не соглашался и ворчал на депутацию. Тогда в ход пускалась тонкая лесть: говорили, что теперь уже перевелись в Москве хорошие повара, что только у стариков и сохранилось еще неприкосновенным уважение к святости кулинарного искусства и так далее. Кончалось тем, что задетый за живое Акинфыч сдавался и, пробуя на большом пальце острие ножа, говорил с напускной суровостью:

— Ладно уж, ладно… будет петь-то… Сколько вас там, галчата?

Ирина Алексеевна Руднева — хозяйка дома — почти никогда не выходила из своих комнат, кроме особенно торжественных, официальных случаев. Урожденная княжна Ознобишина, последний отпрыск знатного и богатого рода, она раз навсегда решила, что общество ее мужа и детей слишком «мескинно» и «брютально», и потому равнодушно «иньорировала» его, развлекаясь визитами к архиереям и поддержанием знакомства с такими же, как она сама, окаменелыми потомками родов, уходящих в седую древность. Впрочем, мужа своего Ирина Алексеевна не уставала даже и теперь тайно, но мучительно ревновать. И она, вероятно, имела для этого основания, так как Аркадий Николаевич, известный всей

手阿金菲奇起初总是不答应，唠唠叨叨发怨言。于是，青年人就故意奉承起他来了：说什么现在莫斯科调来了名厨师，可是，他们的烹饪手艺还是不如阿金菲奇。这么一来，被吹捧得沾沾自喜的阿金菲奇让步了，一边用大拇指试着刀刃，一边故意装作严肃的样子说道：

——好吧，照你的意思办吧！……你们一共几个人，小穴鸟？

伊丽娜·阿列克谢耶夫娜·鲁德涅娃——家庭女主人——除了特别隆重盛大的宴会外，几乎从未离开过家。这位娘家姓奥兹诺此希娜的公爵的女儿、贵族和财主的最后一个孙女认为她丈夫和孩子们来往的社交界太庸俗、太粗鲁，因此她对他们也就置之不理、漠不关心，唯一消遣解闷的是拜访高僧，与像她一样的贵族后裔保持联系。其实，伊丽娜·阿列克谢耶夫娜一直在暗中痛苦地嫉妒着自己的丈夫，因为阿尔卡季·尼古拉耶维奇是全莫斯科闻名的美食嗜好者、芭蕾舞艺术的欣赏者和慷慨出手的人，他至今虽然已经五十多岁了，但还没有失去讨好漂亮女人、对她们崇拜、被她们征服的老毛病。即使现在还可以称他为美男子，他总是在剧院的戏开演十分钟之后，才在众目睽睽之下走进大剧院的观众厅。他文雅而自信，外貌庄严，仪容高贵，头发略有斑白，神气

Москве гурман, игрок и щедрый покровитель балетного искусства, до сих пор еще, несмотря на свои пятьдесят с лишком лет, не утратил заслуженной репутации дамского угодника, поклонника и покорителя. Даже и теперь его можно было назвать красавцем, когда он, опоздав на десять минут к началу действия и обращая на себя общее внимание, входил в зрительную залу Большого театра — элегантный и самоуверенный, с гордо поставленной на осанистом туловище, породистой, слегка седеющей головой.

十足地昂着头。一些贵夫人频频向他点头微笑。

Аркадий Николаевич редко показывался домой, потому что обедал он постоянно в Английском клубе, и по вечерам ездил туда же играть в карты, если в театре не шел интересный балет. В качестве главы дома он занимался исключительно тем, что закладывал и перезакладывал то одно, то другое недвижимое имущество, не заглядывая в будущее с беспечностью избалованного судьбой грансеньора. Привыкнув с утра до вечера вращаться в большом обществе, он любил, чтобы и в доме у него было шумно и оживленно. Изредка ему нравилось сюрпризом устроить для своей молодежи неожиданное развлечение и самому принять в нем участие. Это случалось большею частью на другой день после крупного выигрыша в клубе.

阿尔卡季·尼古拉耶维奇很少回家，因为他经常在英式俱乐部吃饭，晚上，倘若剧院里不表演有趣的芭蕾舞，他就在那里打起牌来。作为一家之主，他从事的唯一工作就是储存和再抵押某种不动产，不考虑由于命运的安排过着娇生惯养、无忧无虑生活的一个封建领主的未来。习惯于从早到晚在上流社会中交往的他，最喜欢家里热闹喧哗。有时他很满意交给青年人安排一种出人意料的娱乐活动，他自己也亲自参加。这多半发生在俱乐部里赢牌以后的第二天。

— Молодые республиканцы! — говорил он, входя в гостиную и сияя своим свежим видом и очаровательной улыбкой. — Вы, кажется, скоро все заснете от ваших серьезных разговоров. Кто хочет ехать со мной за город? Дорога прекрасная:

——年轻的共和政体的拥护者们！——他容光焕发，喜气洋洋，令人迷醉地微笑着走进客厅，说道。——你们一本正经地在那儿谈，谈得好像要睡着了。谁想和我进城去？旅途好极了：灿烂阳光、皑皑白雪、丝丝寒意。凡是患牙痛病和“世界悲伤”病的

солнце, снег и морозец. Страдающих зубной болью и мировой скорбью прошу оставаться дома под надзором нашей почтеннейшей Олимпиады Савичны…

人请留在家里接受我们尊敬的奥莉姆皮阿达·萨维奇娜的监督……

Посылали за тройками к Ечкину, скакали сломя голову за Тверскую заставу, обедали в «Мавритании» или в «Стрельне» и возвращались домой поздно вечером, к большому неудовольствию Ирины Алексеевны, смотревшей брезгливо на эти «эскапады[3] дурного тона». Но молодежь нигде так безумно не веселилась, как именно в этих эскападах, под предводительством Аркадия Николаевича.

派人去耶茨金叫来了三套马车，然后拼命地向特维尔斯基关卡疾驰而去，在“马弗里塔尼”，或者是“斯特列利涅”吃了中饭，很晚才回到家。当伊丽娜·阿列克谢耶夫娜厌恶地看到这种“坏风度的恶作剧”的时候，极为不满。但是，青年人无论何时都没有像在阿尔卡季·尼古拉耶维奇的带领下那样坐着马车发狂地开心娱乐。

Неизменное участие принимал ежегодно Аркадий Николаевич и в елке. Этот детский праздник почему-то доставлял ему своеобразное, наивное удовольствие. Никто из домашних не умел лучше его придумать каждому подарок по вкусу, и потому в затруднительных случаях старшие дети прибегали к его изобретательности.

阿尔卡季·尼古拉耶维奇每年都参加松树游玩会。这个节日不知为什么引起了他的特殊兴趣。家里任何一个人都不如他那样能给每人赠送一份各自喜爱的礼物，因此，在困难的时候，大孩子们都跑来向他请教办法。

— Папа, ну что мы подарим Коле Радомскому? — спрашивали Аркадия Николаевича дочери. — Он большой такой, гимназист последнего класса … нельзя же ему игрушку…

——爸爸，我们送给科利亚·拉多姆斯基什么礼物呢？——女儿们向阿尔卡季·尼古拉耶维奇问道。——他是大孩子，最高班的中学生……可不可以送给他一个玩具……

— Зачем же игрушку? — возражал Аркадий Николаевич. — Самое лучшее купите для него хорошенький портсигар. Юноша будет польщен таким солидным подарком. Теперь очень хорошенькие портсигары продаются у Лукутина. Да, кстати, намекните этому Коле, чтобы он не стеснялся при мне курить. А то давеча, когда я вошел в гостиную, так он папироску в рукав спрятал…

——为什么要送玩具呢？——阿尔卡季·尼古拉耶维奇不赞同地说道。——最好送他一个漂亮的香烟盒。青年人将会对这种实惠的礼物感到高兴。现在卢库京正在出售一种很雅致的香烟盒。顺便说一下，让科利亚在我面前抽烟，别不好意思。要不像前几天，当我走进客厅的时候，他又该把香烟藏到袖筒里去了……

Аркадий Николаевич любил, чтобы у

阿尔卡季·尼古拉耶维奇希望他家举办

него елка выходила на славу, и всегда приглашал к ней оркестр Рябова. Но в этом году с музыкой произошел целый ряд роковых недоразумений. К Рябову почему-то послали очень поздно; оркестр его, разделяемый на праздниках на три части, оказался уже разобранным. Маэстро в силу давнего знакомства с домом Рудневых обещал, однако, как-нибудь устроить это дело, надеясь, что в другом доме переменят день елки, но по неизвестной причине замедлил ответом, и когда бросились искать в другие места, то во всей Москве не оказалось ни одного оркестра. Аркадий Николаевич рассердился и велел отыскать хорошего тапера, но кому отдал это приказание, он и сам теперь не помнил. Этот «кто-то», наверно, свалил данное ему поручение на другого, другой — на третьего, переврав, по обыкновению, его смысл, а третий в общей сумятице и совсем забыл о нем…

Между тем пылкая Тина успела уже взбудоражить весь дом. Почтенная экономка, толстая, добродушная Олимпиада Савична, говорила, что и взаправду барин ей наказывал распорядиться о тапере, если не приедет музыка, и что она об этом тогда же сказала камердинеру Луке. Лука в свою очередь оправдывался тем, что его дело ходить около Аркадия Николаевича, а не бегать по городу за фортепьянщиками. На шум прибежала из барышниных комнат горничная Дуняша, подвижная и ловкая, как обезьяна, кокетка и болтунья, считавшая долгом ввязываться непременно в каждое неприятное происшествие. Хотя ее и никто не спрашивал, но она совалась

的松树游玩会出色些，因此常常邀请里亚鲍夫乐队参加伴奏。但是，今年关于乐队的事引起了一连串糟糕的误会。不知为什么很晚才派人去里亚鲍夫请乐队；节日里乐队分成了三个小组，并且早就被人请走了。由于和鲁德涅夫家是老相识，音乐大师本来已经答应了，可是却出现了这种意外的事，所以，只得请求另一家改变一下松树游玩会的日期，然而，不知什么原因回答得又太迟了。再当他们去别的地方请乐队的时候，整个莫斯科连一个乐队也没有了。阿尔卡季·尼古拉耶维奇生气了，吩咐人去请一位好的钢琴伴奏师，但是，是叫谁去办这些事的呢？他自己现在也记不清了。这个“谁”大概把这件事委托给另外一个人了，另一个人又委托给了第三个人，并照例传错了主人的话，而第三个人由于忙乱而把这件事给忘到九霄云外去了……

当时，十分性急的季娜在家里闹翻了天。丰腴善良且受人尊敬的女管家奥莉姆皮阿达·萨维茨娜说道，老爷确实吩咐过她，若是乐队不来就去请一位钢琴伴奏师，又说，这件事她已告诉男仆卢卡了。卢卡辩白说，他的工作是在阿尔卡季·尼古拉耶维奇身边服侍他，而不是跑遍全城去请钢琴伴奏师。像猴子一样机警伶俐的侍女杜尼亚莎是一个卖弄风骚、多嘴的女人，她经常干预每一件令人不愉快的事情，因此，她也从闺房里跑出来参与争辩。虽然没有人问到她，她却令人讨厌地管这桩闲事。逢人就激动地保证说，她能请来钢琴伴奏师，还说，若是请不来，就让雷把她就地劈死好啦。如果不是塔季亚娜·阿尔卡季耶夫娜出来圆场的话，这场争执还不知道如何收场呢。塔季亚娜是

к каждому с жаркими уверениями, что пускай ее бог разразит на этом месте, если она хоть краешком уха что-нибудь слышала о тапере. Неизвестно, чем окончилась бы эта путаница, если бы на помощь не пришла Татьяна Аркадьевна, полная, веселая блондинка, которую вся прислуга обожала за ее ровный характер и удивительное умение улаживать внутренние междоусобицы.

一个胖胖的快活的淡黄发女人，她性格文静，非常善于调解内讧，因此仆人们都很喜欢她。

— Одним словом, мы так не кончим до завтрашнего дня, — сказала она своим спокойным, слегка насмешливым, как у Аркадия Николаевича, голосом. — Как бы то ни было, Дуняша сейчас же отправится разыскивать тапера. Покамест ты будешь одеваться, Дуняша, я тебе выпишу из газеты адреса. Постарайся найти поближе, чтобы не задерживать елки, потому что сию минуту качнут съезжаться. Деньги на извозчика возьми у Олимпиады Савичны…

——好了，好了！我们这样争下去，争到明天也完不了，——她以平静的略带阿尔卡季·尼古拉耶维奇般的嘲笑的声调说道。——无论如何杜尼亚莎也要立即去请一位钢琴伴奏师。杜尼亚莎，你快点穿上衣服，我给你从报纸上抄录一些地址。尽量在附近请一位来，不然会耽误松树游玩会的，因为人们马上就要汇集到这里来了。雇马车的钱你到奥莉姆皮阿达·萨维茨娜那儿去拿……

Едва она успела это произнести, как у дверей передней громко затрещал звонок. Тина уже бежала туда стремглав, навстречу целой толпе детишек, улыбающихся, румяных с мороза, запушенных снегом и внесших за собою запах зимнего воздуха, крепкий и здоровый, как запах свежих яблоков. Оказалось, что две большие семьи — Лыковых и Масловских — столкнулись случайно, одновременно подъехав к воротам. Передняя сразу наполнилась говором, смехом, топотом ног и звонкими поцелуями.

她刚刚说完这番话，前室的门铃当啷啷地响了起来。季娜飞快地向那儿跑去，迎面进来一大群孩子，他们个个笑容满面，脸蛋儿冻得通红，身上蒙了一层白雪，随后飘进来一股浓烈清新的冬季空气里才有的像新鲜苹果一样的香味。原本的两个大家庭——雷科维和马斯洛夫斯基——偶然碰到一块了，同时走到大门口。前室立即充满了谈话声、笑声、脚步声和响亮的接吻声。

Звонки раздавались один за другим почти непрерывно. Приезжали все новые и новые гости. Барышни Рудневы едва успевали справляться с ними. Взрослых

门铃声一阵接一阵地不断地响了起来。进来了一群又一群的新客人。鲁德涅夫家的小姐们忙着招待他们。把大人请进客厅，把孩子们领到儿童间和食堂，以便把他们锁在

приглашали в гостиную, а маленьких завлекали в детскую и в столовую, чтобы запереть их там предательским образом. В зале еще не зажигали огня. Огромная елка стояла посредине, слабо рисуясь в полутьме своими фантастическими очертаниями и наполняя комнату смолистым ароматом. Там и здесь на ней тускло поблескивала, отражая свет уличного фонаря, позолота цепей, орехов и картонажей.

Дуняша все еще не возвращалась, и подвижная, как ртуть, Тина сгорала от нетерпеливого беспокойства. Десять раз подбегала она к Тане, отводила ее в сторону и шептала взволнованно:

— Танечка, голубушка, как же теперь нам быть?.. Ведь это же ни на что не похоже.

Таня сама начинала тревожиться. Она подошла к старшей сестре и сказала вполголоса:

— Я уж и не придумаю, что делать. Придется попросить тетю Соню поиграть немного… А потом я ее сама как-нибудь заменю.

— Благодарю покорно, — насмешливо возразила Лидия. — Тетя Соня будет потом нас целый год своим одолжением донимать. А ты так хорошо играешь, что уж лучше совсем без музыки танцевать.

В эту минуту к Татьяне Аркадьевне подошел, неслышно ступая своими замшевыми подошвами, Лука.

— Барышня, Дуняша просит вас на секунду выйти к ним.

— Ну что, привезла? — спросили в один голос все три сестры.

— Пожалуйте-с. Извольте-с посмотреть

那里。大厅里还没有点起灯，大型的松树游玩会在大厅中间举行，它在半明半暗中微微显出了自己神奇般迷人的轮廓，整个房间充满了树脂的芳香。松树上到处挂满了镀金的链条，还有胡桃和各种各样的硬纸板制品，路灯的光在反射着，一切都在不停地闪着微光。

杜尼亚莎还没有回来，这可急坏了灵活得像水珠一样的季娜。她一次又一次地跑到塔尼娅身边，把她领到一旁，焦急地耳语道：

——塔涅奇卡，亲爱的，现在该怎么办？……这多么难看，太不像话了！

塔尼娅本人也开始不安起来，她走到大姐跟前，低声说道：

——我也想不出什么好办法，只有请索妮娅阿姨表演一会儿了……然后，我再替她随便演点什么吧！

——那好呀，——莉季娅带着讥笑的口吻表示异议。——索尼娅阿姨以后会整年都以欠她的情为理由来使我们难堪的，而你完全不用乐队也会跳得很好。

正在这时，穿着鹿皮鞋的卢卡轻轻地迈着脚步，走到塔吉娅娜·阿尔卡季耶夫娜身旁说道：

——小姐，杜尼亚莎请您出去一会儿。

——怎么，领来了？——三姐妹异口同声地问道。

——是的，您自己去看吧，——卢卡含

сами, — уклончиво ответил Лука. — Они в передней... Только что-то сомнительно-с... Пожалуйте.

В передней стояла Дуняша, еще не снявшая шубки, закиданной комьями грязного снега. Сзади ее копошилась в темном углу какая-то маленькая фигурка, разматывавшая желтый башлык, окутывавший ее голову.

— Только, барышня, не браните меня, — зашептала Дуняша, наклоняясь к самому уху Татьяны Аркадьевны. — Разрази меня бог — в пяти местах была и ни одного тапера не застала. Вот нашла этого мальца, да уж и сама не знаю, годится ли. Убей меня бог, только один и остался. Божится, что играл на вечерах и на свадьбах, а я почему могу знать...

Между тем маленькая фигурка, освободившись от своего башлыка и пальто, оказалась бледным, очень худощавым мальчиком в подержанном мундирчике реального училища. Понимая, что речь идет о нем, он в неловкой выжидательной позе держался в своем углу, не решаясь подойти ближе. Наблюдательная Таня, бросив на него украдкой несколько взглядов, сразу определила про себя, что этот мальчик застенчив, беден и самолюбив. Лицо у него было некрасивое, но выразительное и с очень тонкими чертами; несколько наивный вид ему придавали вихры темных волос, завивающихся «гнездышками» по обеим сторонам высокого лба, но большие серые глаза — слишком большие для такого худенького детского лица — смотрели умно, твердо и не по-детски

糊地答道。——他们在前厅……只是觉得不大合适……请吧！

杜尼亚莎站在前厅，还没有脱去落满雪花的皮大衣。在她身后，一个小人儿在黑暗的角落里不停地动着，头上戴的黄色长耳风帽已经卷了起来。

——小姐，请不要骂我，——杜尼亚莎俯身在塔季亚娜·阿尔卡季耶夫娜的耳边低语道。——让雷把我劈死吧。我到了五个地方，可连一个钢琴伴奏师也没能找到。于是我就请来了这么个小人儿，我自己也不知道是否合适。要是我说假话，叫上帝惩罚我吧。请上帝作证，他说他在晚会和婚礼上伴奏过，我怎么能够知道呢……

这时，小人儿脱去了长耳风帽和大衣。原来是一个穿着实科中学旧制服的脸色苍白、面容消瘦的小男孩。他知道有人在谈论他，很是难为情，站在角落里不知如何是好，也不敢向前靠近一步。观察力敏锐的塔尼娅偷偷地向他瞟了几眼，心中暗自断定道，这个小男孩腼腆、贫穷、爱面子，自尊心很强。他的脸蛋儿并不讨人喜爱，但是富有表情，线条细而均匀；高高的前额两边一小绺卷起的蓬乱的深色头发给他增添了几分稚气，一双灰色的大眼睛——配上这样一副瘦弱的面孔显得特别地大——看起来聪明、坚强、果断，并非孩子气的严肃认真。乍看起来，这孩子有十一二岁。

серьезно. По первому впечатлению мальчику можно было дать лет одиннадцать — двенадцать.

Татьяна сделала к нему несколько шагов и, сама стесняясь не меньше его, спросила нерешительно:

— Вы говорите, что вам уже приходилось… играть на вечерах?

— Да … я играл, — ответил он голосом, несколько сиплым от мороза и от робости. — Вам, может быть, оттого кажется, что я такой маленький…

— Ах нет, вовсе не это… Вам ведь лет тринадцать, должно быть?

— Четырнадцать-с.

— Это, конечно, все равно. Но я боюсь, что без привычки вам будет тяжело.

Мальчик откашлялся.

— О нет, не беспокойтесь … Я уже привык к этому. Мне случалось играть по целым вечерам, почти не переставая…

Таня вопросительно посмотрела на старшую сестру. Лидия Аркадьевна, отличавшаяся странным бессердечием по отношению ко всему загнанному, подвластному и приниженному, спросила со своей обычной презрительной миной:

— Вы умеете, молодой человек, играть кадриль?

Мальчик качнулся туловищем вперед, что должно было означать поклон.

— Умею-с.

— И вальс умеете?

— Да-с.

— Может быть, и польку тоже?

Мальчик вдруг густо покраснел, но ответил сдержанным тоном:

塔季娅娜向他迈了几步，犹豫不决地问道：

——您说您曾经……在晚会上伴奏过？

——是，是……的，我伴奏过，——由于寒冷和胆怯，他带几分嘶哑的声音回答道。——您可能看我很小吧！……

——哟，不，完全不是这个……您可能有十三岁吧？

——十四岁。

——这当然无所谓。但是，我怕您不习惯这么隆重的……

小男孩咳嗽几声。

——啊，不，不用担心……我已经习惯这种场面了。我经常整夜整夜，几乎不间断地在晚会上伴奏……

塔尼娅用疑问的目光看了看姐姐。莉季娅·阿尔卡季耶夫娜向来以冷酷无情地对待一切畏手畏脚、屈从于权力、逆来顺受的样子而著称，她以自己平常惯用的蔑视的神色问道：

——年轻人，您会弹奏卡德里舞曲吗？

小男孩向前弯弯腰点头示意。

——会。

——华尔兹舞曲也会吗？

——会。

——可能也会波利卡舞曲吧？

这孩子突然面红耳赤，但是用持重老成的声调回答道：

— Да, и польку тоже.

— А лансье? — продолжала дразнить его Лидия.

—Laissez donc, Lidie, vous êtes impossible, — строго заметила Татьяна Аркадьевна.

Большие глаза мальчика вдруг блеснули гневом и насмешкой. Даже напряженная неловкость его позы внезапно исчезла.

— Если вам угодно, mademoiselle, — резко повернулся он к Лидии, — то, кроме полек и кадрилей, я играю еще все сонаты Бетховена, вальсы Шопена и рапсодии Листа.

— Воображаю! — деланно, точно актриса на сцене, уронила Лидия, задетая этим самоуверенным ответом.

Мальчик перевел глаза на Таню, в которой он инстинктивно угадал заступницу, и теперь эти огромные глаза приняли умоляющее выражение.

— Пожалуйста, прошу вас ... позвольте мне что-нибудь сыграть...

Чуткая Таня поняла, как больно затронула Лидия самолюбие мальчика, и ей стало жалко его. А Тина даже запрыгала на месте и захлопала в ладоши от радости, что эта противная гордячка Лидия сейчас получит щелчок.

— Конечно, Танечка, конечно, пускай сыграет, — упрашивала она сестру и вдруг со своей обычной стремительностью, схватив за руку маленького пианиста, она потащила его в залу, повторяя: — Ничего, ничего ... Вы сыграете, и она останется с носом... Ничего, ничего.

Неожиданное появление Тины, влекшей

——是的，波利卡舞曲也会。

——而兰谢舞曲呢？——莉季娅用一种逗弄嘲笑的腔调接下去问道。

——算了吧，莉季娅，别难为他了，——塔季亚娜·阿尔卡季耶夫娜严肃地说道。

小男孩的一双大眼睛由于生气和受到嘲弄突然发亮起来，甚至连他那紧张得难为情的姿态也骤然消失了。

——假如您想听的话，小姐，——他突然向莉季娅转过身去说道，——那么，那么，除了卡德里尔舞曲和波利卡舞曲，我还会弹奏贝多芬的全部奏鸣曲、肖邦的圆舞曲和李斯特的狂想曲。

——可能！——被这种过于自信的回答刺激了的莉季娅像舞台上的演员一样装模作样地说了一句。

小男孩把目光转向塔尼娅，他本能地意识到塔尼娅就是他的庇护人，因此，这双大眼睛流露出恳求的表情。

——请，请您允许我……弹奏点什么……

敏锐的塔尼娅明白莉季娅刺痛了小男孩的自尊心，她开始可怜起他来。而季娜高兴地拍着手，甚至跳了起来，她认为这个讨厌而傲慢的女人现在碰了一鼻子灰。

——当然，塔涅奇卡，没问题，让他弹奏吧，——季娜一再请求姐姐，突然又抓住小钢琴家的手，拉他向大厅走去，并一再重复道：——没什么，没什么……您大胆地弹吧！她会认输的……没什么，没什么。

这个微笑而腼腆的实科中学学生被季娜

на буксире застенчиво улыбавшегося реалистика, произвело общее недоумение. Взрослые один за другим переходили в залу, где Тина, усадив мальчика на выдвижной табурет, уже успела зажечь свечи на великолепном шредеровском фортепиано.

又拉又扯地领到大厅里来，引起了客人们的困惑不解。季娜让小钢琴家坐到活动凳子上，点燃了华美的钢琴上的蜡烛。

Реалист взял наугад одну из толстых, переплетенных в шагрень нотных тетрадей и раскрыл ее. Затем, обернувшись к дверям, в которых стояла Лидия, резко выделяясь своим белым атласным платьем на черном фоне неосвещенной гостиной, он спросил:

小钢琴家随便拿起一本厚厚的用粒状花纹书面纸包装的乐谱本。莉季娅穿着一件白色的缎子布拉吉站在门边，在客厅那无灯光的黑色背景的衬托下显得特别出众。男孩打开乐谱本后，把身子转向门，朝她问道：

— Угодно вам «Rapsodie Hongroise» № 2 Листа?

——您想听李斯特的《匈牙利狂想曲》的第二乐章吗？

Лидия пренебрежительно выдвинула вперед нижнюю губу и ничего не ответила. Мальчик бережно положил руки на клавиши, закрыл на мгновение глаза, и из-под его пальцев полились торжественные, величавые аккорды начала рапсодии. Странно было видеть и слышать, как этот маленький человечек, голова которого едва виднелась из-за пюпитра, извлекал из инструмента такие мощные, смелые, полные звуки. И лицо его как будто бы сразу преобразилось, просветлело и стало почти прекрасным; бледные губы слегка полуоткрылись, а глаза еще больше увеличились и сделались глубокими, влажными и сияющими.

莉季娅轻蔑地努努嘴，没作任何回答。男孩小心翼翼地把手放在琴键上，闭了闭眼睛，刹那间庄严雄伟的狂想曲乐声的和音在他的手指下像流水般地响了起来。人们看呆了，听傻了，整个大厅都在注视着这个小人儿是如何使乐器发出铿锵有力的豪放而悦耳的声音来。他的头在乐谱架后面隐约可见。他的脸好像是立刻变了样，变得更美丽、更明亮了；淡泊的小嘴微微地半张着，眼睛睁得更大了，显得严肃、湿润、炯炯有神。

Зала понемногу наполнялась слушателями. Даже Аркадий Николаевич, любивший музыку и знавший в ней толк, вышел из своего кабинета. Подойдя к Тане, он спросил ее на ухо:

大厅里渐渐挤满了人，连喜欢音乐并对音乐十分内行的阿尔卡季·尼古拉耶维奇也走出了自己的工作室。他走到塔尼娅身边，低声问道：

— Где вы достали этого карапуза?

——你们是从哪儿找到这个小男孩的？

— Это тапер, папа, — ответила тихо Татьяна Аркадьевна. — Правда, отлично играет?

— Тапер? Такой маленький? Неужели? — удивлялся Руднев. — Скажите пожалуйста, какой мастер! Но ведь это безбожно заставлять его играть танцы.

Когда Таня рассказала отцу о сцене, происшедшей в передней, Аркадий Николаевич покачал головой.

— Да, вот оно что … Ну, что ж делать, нельзя обижать мальчугана. Пускай поиграет, а потом мы что-нибудь придумаем.

Когда реалист окончил рапсодию, Аркадий Николаевич первый захлопал в ладоши. Другие также принялись аплодировать. Мальчик встал с высокого табурета, раскрасневшийся и взволнованный; он искал глазами Лидию, но ее уже не было в зале.

— Прекрасно играете, голубчик. Большое удовольствие нам доставили, — ласково улыбался Аркадий Николаевич, подходя к музыканту и протягивая ему руку. — Только я боюсь, что вы… как вас величать-то, я не знаю.

— Азагаров, Юрий Азагаров.

— Боюсь я, милый Юрочка, не повредит ли вам играть целый вечер? Так вы, знаете ли, без всякого стеснения скажите, если устанете. У нас найдется здесь кому побренчать. Ну, а теперь сыграйте-ка нам какой-нибудь марш побравурнее.

Под громкие звуки марша из «Фауста» были поспешно зажжены свечи на елке. Затем Аркадий Николаевич собственно-

——这是位钢琴伴奏师，爸爸，——塔季亚娜·阿尔卡季耶夫娜轻轻地回答道。——真的，他弹得好吗？

——伴奏师？这么小？难道说？——鲁德涅夫很是惊奇。——你告诉他，他弹得太好了！让他大胆地无拘无束地弹奏舞曲吧！

当塔尼娅向爸爸讲述了刚才在前厅里发生的令人难堪的场面的时候，阿尔卡季·尼古拉耶维奇摇头道：

——啊！是这样……嘿，那怎么行呢！……不应当欺负他、逗弄他，让他不要有顾虑放心大胆地弹奏吧！然后我们再考虑下一步该怎么办……

当小男孩弹完狂想曲以后，阿尔卡季·尼古拉耶维奇第一个鼓起掌来，其他人也跟着鼓了起来，大厅里一片掌声。这孩子激动地从高凳子上站了起来，他的双眼在四周寻找着莉季娅，但是，她已经不在大厅里了。

——弹得好极了，亲爱的，我们太满意了，——阿尔卡季·尼古拉耶维奇温存地微笑道。他走到小音乐家身边，向他伸出手去。——我只是担心，您……怎么称呼您，我不知道。

——阿扎加罗夫，尤里·阿扎加罗夫。

——亲爱的尤罗奇卡，我担心整个晚会都伴奏会不会累坏您的身体？假如您疲乏的话，请不要客气，直截了当地说，我们这里能够找到一位琴弹得稍差一点的人来代替您。好吧，现在随便给我们弹一支什么雄壮的进行曲吧！

在欢快悦耳的进行曲的响亮乐声的伴奏下，新年松树的蜡烛点燃了。接着，阿尔卡季·尼古拉耶维奇亲手打开了儿童间的门，

ручно распахнул настежь двери столовой, где толпа детишек, ошеломленная внезапным ярким светом и ворвавшейся к ним музыкой, точно окаменела в наивно изумленных, забавных позах. Сначала робко, один за другим, входили они в залу и с почтительным любопытством ходили кругом елки, задирая вверх свои милые мордочки. Но через несколько минут, когда подарки уже были розданы, зала наполнилась невообразимым гамом, писком и счастливым звонким детским хохотом. Дети точно опьянели от блеска елочных огней, от смолистого аромата, от громкой музыки и от великолепных подарков. Старшим никак не удавалось собрать их в хоровод вокруг елки, потому что то один, то другой вырывался из круга и бежал к своим игрушкам, оставленным кому-нибудь на временное хранение.

Тина, которая после внимания, оказанного ее отцом Азагарову, окончательно решила взять мальчика под свое покровительство, подбежала к нему с самой дружеской улыбкой.

— Пожалуйста, сыграйте нам польку.

Азагаров заиграл, и перед его глазами закружились белые, голубые и розовые платьица, короткие юбочки, из-под которых быстро мелькали белые кружевные панталончики, русые и черные головки в шапочках из папиросной бумаги. Играя, он машинально прислушивался к равномерному шарканью множества ног под такт его музыки, как вдруг необычайное волнение, пробежавшее по всей зале, заставило его повернуть голову ко входным дверям.

一群孩子被突如其来的光亮和音乐声震惊了，一个个像石头一样呆若木鸡，变得天真而滑稽可笑。起初他们胆怯地一个接着一个地走进大厅，非常好奇地围着新年松树转来转去，向上仰起讨人喜爱的小脸蛋儿。但是，几分钟过后，当礼物被分完的时候，大厅里充满了一片喧哗声、尖叫声和儿童响亮而幸福的哈哈大笑声。孩子们确实被闪亮的灯光、树脂的芳香和五颜六色的新年礼物所陶醉。大人们无法把他们集聚到新年松树的圆圈歌舞里来，因为他们纷纷跳出圈外，时而这一个孩子，时而另一个孩子，他们跑着去拿临时放在客人面前的玩具。

季娜的爸爸非常关心尤里·阿扎加罗夫，季娜也愿意帮助他。她亲切地微笑着跑到他的跟前。

——请给我们弹一首波利卡舞曲吧！

阿扎加罗夫弹起来了，他的眼前转动着白色的、天蓝色的和玫瑰色的布拉吉、短裙子，裙子下面时常飞快地闪露出白色的带花边的女衬裤。长着淡褐色头发和黑色头发的小脑袋也时常在他眼前转来转去。他一面伴奏，一面倾听着无数双脚合着音乐的节拍而发出的均匀的沙沙声响。突然，整个大厅发生了一阵不平常的骚动，他把头转向入口处。

Не переставая играть, он увидел, как в залу вошел пожилой господин, к которому, точно по волшебству, приковались глаза всех присутствующих. Вошедший был немного выше среднего роста и довольно широк в кости, но не полн. Держался он с такой изящной, неуловимо небрежной и в то же время величавой простотой, которая свойственна только людям большого света. Сразу было видно, что этот человек привык чувствовать себя одинаково свободно и в маленькой гостиной, и перед тысячной толпой, и в залах королевских дворцов. Всего замечательнее было его лицо — одно из тех лиц, которые запечатлеваются в памяти на всю жизнь с первого взгляда: большой четырехугольный лоб был изборожден суровыми, почти гневными морщинами; глаза, глубоко сидевшие в орбитах, с повисшими над ними складками верхних век, смотрели тяжело, утомленно и недовольно; узкие бритые губы были энергично и крепко сжаты, указывая на железную волю в характере незнакомца, а нижняя челюсть, сильно выдвинувшаяся вперед и твердо обрисованная, придавала физиономии отпечаток властности и упорства. Общее впечатление довершала длинная грива густых, небрежно заброшенных назад волос, делавшая эту характерную, гордую голову похожей на львиную…

他边弹边瞧着，发现走进大厅的是一位渐近老境的先生，像有魔力似的，所有在场的人的目光一下子集中到他的身上。他中等偏高的个子，身材很魁梧，但并不胖。他举止文雅，漫不经心，同时又具有贵族所特有的威严。显然，此人无论在小客厅里，也无论在成百上千人的面前，还是在王宫的宫殿里，都很随便。给人印象最深的是他那张脸——一张看一眼就令人终生难忘的脸：四方型的前额上遍布着森严的、几乎是愤怒的皱纹；上眼皮的皱纹悬吊在眼窝上，一双深陷在眼窝里的眼睛带着不满意的神色吃力而疲倦地向四周张望着；两片刮光的窄嘴唇用力紧闭着，显示出他钢铁般的意志和坚定性；向前突出来的下颌使他的脸具有一种威风凛凛的气概和坚忍不拔的精神。总的印象是那漫不经心地被梳到后面去的浓厚的长发使他的面容变得更加神气和精神。

Юрий Азагаров решил в уме, что новоприбывший гость, должно быть, очень важный господин, потому, что даже чопорные пожилые дамы встретили его почтительными улыбками, когда он вошел в залу, сопровождаемый сияющим

尤里·阿扎加罗夫心里盘算着，刚刚进来的客人大概是位很重要的人物，因为当他在容光焕发的阿尔卡季·尼古拉耶维奇的陪伴下走进大厅的时候，甚至那些渐进老境的过分拘礼的太太们都以恭恭敬敬的微笑来迎接他。对在场的人点了几下头之后，他和鲁

Аркадием Николаевичем. Сделав несколько общих поклонов, незнакомец быстро прошел вместе с Рудневым в кабинет, но Юрий слышал, как он говорил на ходу о чем-то просившему его хозяину:

— Пожалуйста, добрейший мой Аркадий Николаевич, не просите. Вы знаете, как мне больно вас огорчать отказом…

— Ну хоть что-нибудь, Антон Григорьевич. И для меня и для детей это будет навсегда историческим событием, — продолжал просить хозяин.

В это время Юрия попросили играть вальс, и он не услышал, что ответил тот, кого называли Антоном Григорьевичем. Он играл поочередно вальсы, польки и кадрили, но из его головы не выходило царственное лицо необыкновенного гостя. И тем более он был изумлен, почти испуган, когда почувствовал на себе чей-то взгляд, и, обернувшись вправо, он увидел, что Антон Григорьевич смотрит на него со скучающим и нетерпеливым видом и слушает, что ему говорит на ухо Руднев.

Юрий понял, что разговор идет о нем, и отвернулся от них в смущении, близком к непонятному страху. Но тотчас же, в тот же самый момент, как ему казалось потом, когда он уже взрослым проверял свои тогдашние ощущения, над его ухом раздался равнодушно повелительный голос Антона Григорьевича:

— Сыграйте, пожалуйста, еще раз рапсодию № 2.

Он заиграл, сначала робко, неуверенно, гораздо хуже, чем он играл в первый раз, но понемногу к нему вернулись смелость и

德涅夫一起走进了工作室，但是尤里却听到好像他边走边向请求过他的主人说些什么。

——我最亲爱的阿尔卡季·尼古拉耶维奇，请不要再说请。您知道，因为拒绝而使您伤心我是多么痛苦呀……

——那么，哪怕是什么东西也行，安东·格里高利耶维奇。为了我和我的孩子们这将永远是历史性事件，——主人继续请求道。

这时，人们请尤里弹华尔兹舞曲，为此，他没有听见被称为安东·格里高利耶维奇的人回答些什么。他轮流弹奏了华尔兹舞曲、波利卡舞曲、卡德里尔舞曲，但是，他心里却老在想着这位不同寻常的客人那副威严的面孔。尤其当他觉得有人在盯着他的时候，他向右转过身来，发现安东·格里高利耶维奇正在仔细地看着他，并听着鲁德涅夫对他小声说些什么，这一切都使得尤里感到惊奇，甚至害怕。

尤里明白他们正在谈论着他，所以不好意思地扭过脸去。此刻，他像成年人一样正在回味自己当时的心情，他的耳旁响起了安东·格里高利耶维奇那严肃的似乎带点命令式的声音：

——请再弹一次《狂想曲》的第二乐章！

他弹起来了，起初有些胆怯，没有信心，甚至比第一次弹得还差些，但是，他后来渐渐恢复了平静，鼓足了勇气，来了灵

вдохновение. Присутствие того, властного и необыкновенного человека почему-то вдруг наполнило его душу артистическим волнением и придало его пальцам исключительную гибкость и послушность. Он сам чувствовал, что никогда еще не играл в своей жизни так хорошо, как в этот раз, и, должно быть, не скоро будет еще так Хорошо играть.

Юрий не видел, как постепенно прояснялось хмурое чело Антона Григорьевича и как смягчалось мало-помалу строгое выражение его губ, но когда он кончил при общих аплодисментах и обернулся в ту сторону, то уже не увидел этого привлекательного и странного человека. Зато к нему подходил с многозначительной улыбкой, таинственно подымая вверх брови, Аркадий Николаевич Руднев.

— Вот что, голубчик Азагаров, — заговорил почти шепотом Аркадий Николаевич, — возьмите этот конвертик, спрячьте в карман и не потеряйте, — в нем деньги. А сами идите сейчас же в переднюю и одевайтесь. Вас довезет Антон Григорьевич.

— Но ведь я могу еще хоть целый вечер играть, — возразил было мальчик.

— Тсс! .. — закрыл глаза Руднев. — Да неужели вы не узнали его? Неужели вы не догадались, кто это?

Юрий недоумевал, раскрывая все больше и больше свои огромные глаза. Кто же это мог быть, этот удивительный человек?

— Голубчик, да ведь это Рубинштейн. Понимаете ли, Антон Григорьевич Рубинштейн! И я вас, дорогой мой, от

感。一位威风凛凛的不同寻常的人物在场的情况下，不知为什么一种音乐家的激情忽地充满了他的心房，使他的手指变得特别灵活，非常听使唤。他自己觉得一生中从来没有像现在这样弹得自如，或者说，没有像现在这样感情是如此充沛，精神是如此饱满。

尤里没有注意到安东·格里高利耶维奇皱着眉头的高前额是怎样渐渐舒展开来的，他那严肃的表情是怎样渐渐变温和的，但是，当他在客人们暴风雨般的掌声中弹完后，转过身来的时候，那位尊敬的客人已经不在了。这时，阿尔卡季·尼古拉耶维奇·鲁德涅夫令人纳闷地扬起了眉毛，意味深长地微笑着向他走了过来。

——原来是这么回事！亲爱的阿扎加罗夫，——阿尔卡季·尼古拉耶维奇悄悄地说起来，——请接下这个小信封，藏到口袋里，别掉了，里面有钱。您现在就到前室去穿上衣服。安东·格里高利耶维奇要送您。

——我本来能够整夜伴奏呀，——孩子不同意地答道。

——嘘！……——鲁德涅夫闭上了眼睛。——难道您不认识他吗？难道您就没有猜到他是谁吗？

尤里有些莫名其妙，越来越惊奇地瞪圆了他那一双大眼睛。这个奇怪的人，他究竟是谁呢？

——亲爱的，这就是鲁宾斯坦。明白吗，安东·格里高利耶维奇·鲁宾斯坦！[①] 我亲爱的，我衷心地祝贺您，并为您高兴的

души поздравляю и радуюсь, что у меня на елке вам совсем случайно выпал такой подарок. Он заинтересован вашей игрой…

Реалист в поношенном мундире давно уже известен теперь всей России как один из талантливейших композиторов, а необычайный гость с царственным лицом еще раньше успокоился навсегда от своей бурной, мятежной жизни, жизни мученика и триумфатора. Но никогда и никому Азагаров не передавал тех священных слов, которые ему говорил, едучи с ним в санях, в эту морозную рождественскую ночь его великий учитель.

是，您在我们的松树游玩会上完全是偶然地碰上了这种令人兴奋的事。他对您的弹奏深感兴趣……

穿着破旧制服的实科中学学生早已作为一位最有天才的作曲家闻名于全俄罗斯了，然而，那位有一副严肃面孔的不寻常的客人却已离开人间，永远地安息了。阿扎加罗夫从来没向任何人谈起过那些神圣的话语，他的伟大的导师在那个寒冷的圣诞节之夜和他一起乘坐雪爬犁走路的时候向他叮嘱的那些神圣的话语。

【注】

① 安东·格里高利耶维奇·鲁宾斯坦(1829—1894)，俄国钢琴家、作曲家，曾先后就学于莫斯科、柏林等地，毕生不断往返于俄国及欧洲各国，从事演出和创作。他对俄罗斯和西方钢琴表演艺术的发展有很大影响。他的主要作品有歌剧《恶魔》、《第四(A小调)钢琴协奏曲》、声乐套曲集《波斯恋歌》等。

Слова, Словосочетания и Фразы

1. тапёр, тапёрша
2. запыха́ться

   Она запыха́лась от бы́строго бе́га.
   запыха́вшаяся, ро́зовая она
3. хоро́шенький мальчи́шка
4. сва́ливать друг на друга
5. стоя́ть пе́ред трюмо́
6. поверну́вшись бо́ком к зе́ркалу
   поверну́ться
7. показа́ть зе́ркалу язы́к
8. оберну́ться к кому
9. затарато́рить
10. ёлка (=новогóдняя ёлка)
11. принадлежа́ть к кому́-чему́

单词、词组和句型

1. 弹钢琴者，钢琴伴奏师(旧社会舞会雇用的)
2. (由于急跑、急走)上气不接下气，喘不过气来，喘息起来
   她跑得上气不接下气。
   脸色绯红，喘不过气来的她
3. 淘气的野小子，讨厌顽皮的孩子
4. 互相推卸责任
5. 站在梳妆台前
6. 侧身对着镜子
   转身，扭身，侧身
7. 对着镜子做个怪相，对着镜子伸舌头
8. 转向某人，向某人转身
9. 絮絮不休地说起来，开始饶舌
10. 新年松树，松树游玩会
11. 是……的一员，属于……之列，属于

	……范围
12. ре́дко пока́зываться домо́й	12. 很少回家
13. игра́ть в ка́рты	13. 打牌
14. скака́ть сломя́ го́лову за ста́ву	14. 拼命向……关卡疾驰
15.сломя́ го́лову (бежа́ть)	15. 拼命地(跑)
16. прибега́ть к изобрета́тельности	16. 跑来请教办法
17. подари́ть кому	17. 送礼物给某人
18. хоро́шенький портсига́р	18. 漂亮的香烟盒
19. польщён соли́дным пода́рком	19. 对实惠的礼物感到高兴
20. да́веча	20. [副]<方>前不久，前几天
21. не стесня́ться при мне кури́ть	21. 别不好意思在我面前抽烟
22. спря́тать что в рука́в	22. 把什么藏到袖筒里去
23. … с му́зыкой произошёл це́лый ряд роковы́х недоразуме́ний	23. ……关于乐队的事引起了一连串糟糕的误会
24. нака́зывать кому распоряди́ться о тапёре	24. 吩咐某人去请一位钢琴伴奏师
25. Пуска́й кого́-н бог разрази́т на э́том ме́сте.	25. 让雷把某人就地劈死好啦。
26. ула́живать вну́тренние междоусо́бицы	26. 处理内讧
27. отводи́ть кого в сто́рону и шепта́ть взволно́ванно	27. 把某人领到一旁，焦急地耳语道
28. Как же тепе́рь нам быть?	28. 我们现在该怎么办？
29. Ведь это же ни на что не похо́же.	29. 这多么难看，太不像话了。
30. спроси́ть в оди́н го́лос что-н.	30. 异口同声地问道
31. Не брани́те меня́.	31. 请不要骂我。
32. Убе́й меня́ бог.	32. 叫上帝惩罚我吧。
33. Речь идёт о ком.	33. 在谈论某人。
34. игра́ть кадри́ль	34. 弹奏卡德里舞曲
35. ма́ленький пиани́ст	35. 小钢琴家
36. оста́ться с но́сом	36. 失败，认输
37. игра́ть все сона́ты Бетхо́вена, ва́льсы Шо́пена и рапсо́дии Листа́	37. 弹奏贝多芬的全部奏鸣曲、肖邦的圆舞曲和李斯特的狂想曲
38. получи́ть щелчо́к	38. 碰钉子，碰了一鼻子灰
39. захло́пать в ладо́ши	39. 鼓起掌来
40. Как вас велича́ть?	40. 怎么称呼您？
41. Сыгра́йте, пожа́луйста, ещё раз рапсо́дию №2.	41. 请再弹一次第二狂想曲。

СЛОН

I

Маленькая девочка нездорова. Каждый день к ней ходит доктор Михаил Петрович, которого она знает уже давно-давно. А иногда он приводит с собою еще двух докторов, незнакомых. Они переворачивают девочку на спину и на живот, слушают что-то, приложив ухо к телу, оттягивают вниз нижнее веко и смотрят. При этом они как-то важно посапывают, лица у них строгие, и говорят они между собою на непонятном языке.

Потом переходят из детской в гостиную, где их дожидается мама. Самый главный доктор — высокий, седой, в золотых очках — рассказывает ей о чем-то серьезно и долго. Дверь не закрыта, и девочке с ее кровати все видно и слышно. Многого она не понимает, но знает, что речь идет о ней. Мама глядит на доктора большими, усталыми, заплаканными глазами. Прощаясь, главный доктор говорит громко:

— Главное, — не давайте ей скучать. Исполняйте все ее капризы.

— Ах, доктор, но она ничего не хочет!

— Ну, не знаю… вспомните, что ей нравилось раньше, до болезни. Игрушки… какие-нибудь лакомства…

— Нет, нет, доктор, она ничего не хочет…

— Ну, постарайтесь ее как-нибудь

第五篇　象

I

小女孩生病了，米哈伊尔·佩特罗维奇医生几乎每天都来看她。有时他还带来两位不熟识的医生。他们翻过女孩的背部、腹部，把耳朵贴在上面，认真地听着；又翻开女孩的下眼皮，仔细地看着。此刻，只听见断断续续的呼吸声，医生们的表情是严肃的，他们用别人不懂的语言相互交谈着。

然后，他们从女孩的卧室走进了客厅，女孩的妈妈正在等着他们。主治医生——高高的个子，头发斑白，戴着一副金丝眼镜——向她长时间严肃地说着什么。门没关，这一切女孩在床上都能看到，听到，但是，很多东西她都听不懂，只知道是谈论她。妈妈用无力的带着泪痕的眼睛看着医生。临别时，主治医生大声说道：

——主要的是别让她忧闷。一定要满足她的每一个要求。

——哎呀，医生，她什么都不要啊！

——那么，你想一想，她从前，生病前，喜欢些什么。玩具……什么好吃的东西……

——不，不，医生，她什么都不要……

——那么，要尽量使她高兴……不管用

развлечь… Ну, хоть чем-нибудь… Даю вам честное слово, что если вам удастся ее рассмешить, развеселить, — то это будет лучшим лекарством. Поймите же, что ваша дочка больна равнодушием к жизни, и больше ничем… До свидания, сударыня!

II

— Милая Надя, милая моя девочка, — говорит мама, — не хочется ли тебе чего-нибудь?

— Нет, мама, ничего не хочется.

— Хочешь, я посажу к тебе на постельку всех твоих кукол. Мы поставим креслица, диван, столик и чайный прибор. Куклы будут пить чай и разговаривать о погоде и о здоровье своих детей.

— Спасибо, мама… Мне не хочется… Мне скучно…

— Ну, хорошо, моя девочка, не надо кукол. А может быть, позвать к тебе Катю или Женечку? Ты ведь их так любишь.

— Не надо, мама. Правда же, не надо. Я ничего, ничего не хочу. Мне так скучно!

— Хочешь, я тебе принесу шоколаду?

Но девочка не отвечает и смотрит в потолок неподвижными, невеселыми глазами. У нее ничего не болит и даже нет жару. Но она худеет и слабеет с каждым днем. Что бы с ней ни делали, ей все равно, и ничего ей не нужно. Так лежит она целые дни и целые ночи, тихая, печальная. Иногда она задремлет на полчаса, но и во сне ей видится что-то серое, длинное, скучное, как осенний дождик.

Когда из детской отворена дверь в

什么办法……告诉你一句实话吧，如果你能逗她笑，使她开心，就是灵丹妙药。你要明白，你的女儿对一切都很冷淡，心中烦闷，对生活感到厌倦，此外，再没有什么病……再见吧，太太！

II

——亲爱的娜佳，我的乖女儿，——妈妈说道，——你想要点儿什么？

——不，妈妈，我什么都不要。

——我把你所有的布娃娃都放到你的小床铺上，好吗？我们把小安乐椅、小沙发、小桌子和小茶具都摆上。让布娃娃喝茶，谈谈天气，谈谈孩子的健康情况，好吗？

——谢谢，妈妈……我不想……我烦闷……

——那么，好吧，我的女儿，不要布娃娃，也许，你想把卡佳和热涅奇卡叫来吧？你很喜欢她们，是吗？

——不，妈妈。真的，不想。我什么，什么都不想。我太烦啦！

——我给你拿点巧克力，好吗？

女孩没有回答，只是发呆，忧闷，目不转睛地盯着天花板。她哪儿也不痛，又不发烧，但却一天一天地消瘦了，身体变得虚弱了。无论给她什么，她都不要。她整天整夜呆滞地躺在床上，有时，微睡半小时，却常梦见一种长长的灰色的令人心烦的东西，又好像是秋雨。

有时，她卧室通向客厅的门开了，客厅

гостиную, а из гостиной дальше в кабинет, то девочка видит папу. Папа ходит быстро из угла в угол и все курит, курит. Иногда он приходит в детскую, садится на край постельки и тихо поглаживает Надины ноги. Потом вдруг встает и отходит к окну. Он что-то насвистывает, глядя на улицу, но плечи у него трясутся. Затем он торопливо прикладывает платок к одному глазу, к другому и, точно рассердись, уходит к себе в кабинет. Потом он опять бегает из угла в угол и все… курит, курит, курит … И кабинет от табачного дыма делается весь синий.

通向书房的门也开了，她看见了爸爸。爸爸在屋里沉思地走来走去，一支烟接一支烟地抽着。他时常走进女孩的房间，坐在小床边，轻轻地抚摸着娜佳的小脚，然后，突然站起来，走到窗前。他用口哨吹着什么，望着大街，抖动着肩膀。随后他急急忙忙地把手帕按在一只眼睛上，接着又按在另一只眼上，好像生气似地又走回自己的书房。他照旧在屋里走来走去，一支烟又接着一支烟……整个房间烟雾弥漫，一片呛人的蓝烟。

III

Но однажды утром девочка просыпается немного бодрее, чем всегда. Она что-то видела во сне, но никак не может вспомнить, что именно, и смотрит долго и внимательно в глаза матери.

— Тебе что-нибудь нужно?— спрашивает мама.

Но девочка вдруг вспоминает свой сон и говорит шепотом, точно по секрету:

— Мама … а можно мне … слона? Только не того, который нарисован на картинке… Можно?

— Конечно, моя девочка, конечно, можно.

Она идет в кабинет и говорит папе, что девочка хочет слона. Папа тотчас же надевает пальто и шляпу и куда-то уезжает. Через полчаса он возвращается с дорогой, красивой игрушкой. Это большой серый слон, который сам качает головою и машет хвостом; на слоне красное седло, а на седле золотая палатка и в ней сидят трое

III

一天早晨，当女孩醒来的时候，显得比平时精神饱满些。她梦见了什么，但是无论如何也想不起究竟是什么，便久久地留心地注视着妈妈的眼睛。

——你要点什么？——妈妈问道。

她突然想起来，便悄然神秘地说道：

——妈妈……我要……大象。只是不要画上的那种……可以吗？

——当然，我的女儿，当然可以。

她走进书房，告诉丈夫女儿要大象。他立刻穿好大衣，戴上帽子，走了出去。半小时后，他拿着一个可爱的红色玩具回来了。这是一头摇头晃尾的灰色大象；背上装着红色的鞍子，上面有金色的篷子，里面坐着三个小人儿。但是女孩像看天花板和墙壁一样冷淡地看着玩具，萎靡不振地说道：

маленьких человечков. Но девочка глядит на игрушку так же равнодушно, как на потолок и на стены, и говорит вяло:

— Нет. Это совсем не то. Я хотела настоящего, живого слона, а этот мертвый.

— Ты погляди только, Надя, — говорит папа. — Мы его сейчас заведем, и он будет совсем, совсем как живой.

Слона заводят ключиком, и он, покачивая головой и помахивая хвостом, начинает переступать ногами и медленно идет по столу. Девочке это совсем не интересно и даже скучно, но, чтобы не огорчить отца, она шепчет кротко:

— Я тебя очень, очень благодарю, милый папа. Я думаю, ни у кого нет такой интересной игрушки… Только… помнишь … ведь ты давно обещал свозить меня в зверинец посмотреть на настоящего слона … и ни разу не повез…

— Но, послушай же, милая моя девочка, пойми, что это невозможно. Слон очень большой, он до потолка, он не поместится в наших комнатах … И потом, где я его достану?

— Папа, да мне не нужно такого большого … Ты мне привези хоть маленького, только живого. Ну, хоть вот, вот такого… Хоть слоненышка.

— Милая девочка, я рад все для тебя сделать, но этого я не могу. Ведь это все равно как если бы ты вдруг мне сказала: папа, достань мне с неба солнце.

Девочка грустно улыбается.

— Какой ты глупый, папа. Разве я не знаю, что солнце нельзя достать, потому что оно жжется. И луну тоже нельзя. Нет,

——不，这完全不是那种……我想要真象，活象，而不要死象。

——你看呀，娜佳，——爸爸说道。我们马上开动它，它就会像活的一样。

用钥匙开动了机器，象就摇头晃尾开始一步一步地在桌子上慢慢地走动。女孩对它完全不感兴趣，甚至很讨厌，但是，为了不使爸爸伤心，便温和地低声说道：

——我非常感谢你，亲爱的爸爸。我想谁也不会有这么好的玩具……只是……还记得吗？……你早就答应我，从动物园牵一头真象回来……可一次也没牵来……

——哎呀，我亲爱的女儿，你要明白，这是办不到的。象很大很高，能高到天花板，我们的房子容不下……我把它弄到哪儿去呢？

——爸爸，我不要这么大的……你给我牵来哪怕是一头小象，只要是活的就行。只要是这样的……哪怕是一头小象崽……

——亲爱的女儿，我很高兴为你做一切事情，但这件事我无能为力。哪怕你突然对我说：爸爸，我要太阳。

小女孩忧郁地微笑着。

——你多么傻呀，爸爸！难道我不明白太阳是够不着的吗？它烫人刺眼，而月亮也是一样。不，我要一头小象……真正的小

мне бы слоника… настоящего.

И она тихо закрывает глаза и шепчет:

— Я устала… Извини меня, папа…

Папа хватает себя за волосы и убегает в кабинет. Там он некоторое время мелькает из угла в угол. Потом решительно бросает на пол недокуренную папиросу (за что ему всегда достается от мамы) и кричит горничной:

— Ольга! Пальто и шляпу!

В переднюю выходит жена.

— Ты куда, Саша? — спрашивает она.

Он тяжело дышит, застегивая пуговицы пальто.

— Я сам, Машенька, не знаю куда… только, кажется, я сегодня к вечеру и в самом деле приведу сюда, к нам, настоящего слона.

Жена смотрит на него тревожно.

— Милый, здоров ли ты? Не болит ли у тебя голова? Может быть, ты плохо спал сегодня?

— Я совсем не спал, — отвечает он сердито. — Я вижу, ты хочешь спросить, не сошел ли я с ума? Покамест нет еще. До свиданья! Вечером все будет видно.

И он исчезает, громко хлопнув входной дверью.

IV

Через два часа он сидит в зверинце, в первом ряду, и смотрит, как ученые звери по приказанию хозяина выделывают разные штуки. Умные собаки прыгают, кувыркаются, танцуют, поют под музыку, складывают слова из больших картонных букв. Обезьянки — одни в красных юбках, другие в синих штанишках — ходят по

象。

她轻轻地闭上眼睛，小声地说道：

——我太乏了……原谅我，爸爸……

爸爸抓一抓自己的头发，跑回屋去。焦急地来回走动着，然后果断地把没有抽完的烟扔到地上（为此事他受到妻子的责骂），向女佣人喊道：

——奥莉加！把大衣和帽子拿来！

妻子走进前厅。

——你上哪儿去，萨沙？——她问道。

他深深地叹了一口气，扣上大衣扣子。

——玛申卡，我自己也不知道上哪儿去……只是，好像，今天晚上才能回来，一定要牵回一头真象来。

妻子不安地望着他。

——亲爱的，你是不是病了？头脑不正常？也许你没睡好？

——不，我睡得很好，——他生气地回答道。——我想你还会问我是不是疯了？暂时还没有。再见！晚上一切都会看到的。

他砰地一声关上门走了。

IV

两小时后，他坐在动物园的头一排椅子上，观看那些受过训练的动物如何根据主人的命令耍弄着各种各样的玩意儿。聪明的狗跳着，翻着筋斗，在音乐的伴奏下舞蹈，把硬板纸上的一些字母合成单词。一些穿着红裙子的猴子在踩钢丝，另一些穿着蓝裤子，大模大样地骑着狮子狗。棕黄色的大狮子跳过一个又一个的火圈。笨拙的海豹在用手枪

канату и ездят верхом на большом пуделе. Огромные рыжие львы скачут сквозь горящие обручи. Неуклюжий тюлень стреляет из пистолета. Под конец выводят слонов. Их три: один большой, два совсем маленькие, карлики, но все-таки ростом куда больше, чем лошадь. Странно смотреть, как эти громадные животные, на вид такие неповоротливые и тяжелые, исполняют самые трудные фокусы, которые не под силу и очень ловкому человеку. Особенно отличается самый большой слон. Он становится сначала на задние лапы, садится, становится на голову, ногами вверх, ходит по деревянным бутылкам, ходит по катящейся бочке, переворачивает хоботом страницы большой картонной книги и, наконец, садится за стол и, повязавшись салфеткой, обедает, совсем как благовоспитанный мальчик.

Представление оканчивается. Зрители расходятся. Надин отец подходит к толстому немцу, хозяину зверинца. Хозяин стоит за дощатой перегородкой и держит во рту большую черную сигару.

— Извините, пожалуйста, — говорит Надин отец. — Не можете ли вы отпустить вашего слона ко мне домой на некоторое время?

Немец от удивления широко открывает глаза и даже рот, отчего сигара падает на землю. Он, кряхтя, нагибается, подымает сигару, вставляет ее опять в рот и только тогда произносит:

— Отпустить? Слона? Домой? Я вас не понимаю.

По глазам немца видно, что он тоже хочет спросить, не болит ли у Надиного

射击。最后，大象被牵了出来。总共三头：一头大的，两头小的。即使是小的，也比马大很多。令人奇怪的是，这些看起来非常笨重的大动物竟然能玩这么难的把戏，即使是一个最灵活的人也难以做到。最大的一头象特别惹人注目。它一开始用后脚掌直立，坐在地上，再用头倒立，四脚朝天，然后在滚动着的大木桶、木瓶子上滚来滚去，用长鼻子翻动着大型硬板纸书的页子，最后，它坐在桌旁，围上餐巾吃饭，完全像一个彬彬有礼的孩子。

表演结束了，观众散了。娜佳的父亲走到动物园老板，一位胖胖的德国人的身边。他站在木板间壁的后面，嘴里叼着一支黑色的大雪茄烟。

——对不起，请原谅，——娜佳的父亲说道。——您能把一头象牵到我家去待一段时间吗？

德国人惊奇地睁大眼睛，张开了嘴，雪茄烟立即掉到了地上。他呼哧呼哧地弯腰拾起烟，又把它放进嘴里，断断续续地说道：

——牵走？一头象？牵回家？我不明白你的意思。

从德国人的眼神里可以看出，他试图想问一问娜佳父亲的头脑是否正常……但是，

отца голова … Но отец поспешно объясняет, в чем дело: его единственная дочь, Надя, больна какой-то странной болезнью, которой даже доктора не понимают как следует. Она лежит уж месяц в кроватке, худеет, слабеет с каждым днем, ничем не интересуется, скучает и потихоньку гаснет. Доктора велят ее развлекать, но ей ничто не нравится; велят исполнять все ее желания, но у нее нет никаких желаний. Сегодня она захотела видеть живого слона. Неужели это невозможно сделать?

И он добавляет дрожащим голосом, взявши немца за пуговицу пальто:

— Ну вот… Я, конечно, надеюсь, что моя девочка выздоровеет. Но… спаси бог … вдруг ее болезнь окончится плохо … вдруг девочка умрет?.. Подумайте только: ведь меня всю жизнь будет мучить мысль, что я не исполнил ее последнего желания! ..

Немец хмурится и в раздумье чешет мизинцем левую бровь. Наконец он спрашивает:

— Гм… А сколько вашей девочке лет?

— Шесть.

— Гм… Моей Лизе тоже шесть. Гм… Но, знаете, вам это будет дорого стоить. Придется привести слона ночью и только на следующую ночь увести обратно. Днем нельзя. Соберется публикум, и сделается один скандал… Таким образом выходит, что я теряю целый день, и вы мне должны возвратить убыток.

— О, конечно, конечно … не беспокойтесь об этом…

— Потом: позволит ли полиция водить один слон в один дом?

娜佳的父亲却急急忙忙地解释事情的缘由：他唯一的女儿娜佳害了一种连医生也弄不清楚的怪病。她躺在床上一个多月了，身体日渐消瘦，变得越来越虚弱，对什么都不感兴趣，非常忧闷，长此下去会无声无息地死去。医生嘱咐要想方设法使她快活，要满足她的一切要求，可她什么都不想要；她任何要求都不提。今天她却突然想起来要看活象，难道这真的就不可能办到吗？

他抓住德国人的大衣纽扣用颤抖的声音补充道：

——这就是事情的经过……我当然希望我的女儿渐渐好起来。但是……求上帝保佑……她的病会突然恶化的……孩子会突然死去的！……只要一想到我没有满足她最后的要求，我会痛苦一辈子的！……

德国人皱着眉头，用小指头搔左眉毛，陷入沉思中。他终于问道：

——嗯……你的女儿几岁了？

——六岁。

——嗯……我的莉扎也六岁了。嗯……但是，要知道，你要花很多钱。今天夜晚牵去，明天夜晚必须送回。白天可不行，要准备表演，不然就糟糕了……就会白白失掉一整天，你就必须赔偿我的损失。

——噢，当然，当然……这您不要担心……

——那么，警察局是否允许把一头象牵进家去呢？

— Я это устрою. Позволит.

— Еще один вопрос: позволит ли хозяин вашего дома вводить в свой дом один слон?

— Позволит. Я сам хозяин этого дома.

— Ага! Это еще лучше. И потом еще один вопрос: в котором этаже вы живете?

— Во втором.

— Гм … Это уже не так хорошо … Имеете ли вы в своем доме широкую лестницу, высокий потолок, большую комнату, широкие двери и очень крепкий пол? Потому что мой Томми имеет высоту три аршина и четыре вершка, а в длину четыре аршин. Кроме того, он весит сто двенадцать пудов.

Надин отец задумывается на минуту.

— Знаете ли что? — говорит он. — Поедем сейчас ко мне и рассмотрим все на месте. Если надо, я прикажу расширить проход в стенах.

— Очень хорошо! — соглашается хозяин зверинца.

——我有办法，会允许的。

——还有一个问题：你家的主人是否允许把象牵进家呢？

——会的。我就是一家之主。

——啊！这很好。那么还有：你住在几楼？

——二楼。

——嗯……这就难办了……你家里是否有宽宽的楼梯、高高的天花板、大大的房间、又宽又大的门、十分结实的地板？要知道我的托米有三俄尺四俄寸高，四俄尺长。此外，它重一百一十二普特。

娜佳的父亲沉思了一会儿。

——那么，行吗？——他说道。——现在就去我家看看现场。假如需要，我让他们把门加宽。

——很好！——动物园的老板同意道。

V

Ночью слона ведут в гости к больной девочке.

В белой попоне он важно шагает по самой середине улицы, покачивает головой и то свивает, то развивает хобот. Вокруг него, несмотря на поздний час, большая толпа. Но слон не обращает на нее внимания: он каждый день видит сотни людей в зверинце. Только один раз он немного рассердился.

Какой-то уличный мальчишка подбежал к нему под самые ноги и начал кривляться на потеху зевакам.

V

晚上，一头象来病孩家做客。

它身上披着白被子，在街道的正中心大摇大摆地走着，晃着脑袋，长长的鼻子时而卷起来，时而伸出去。天色虽已很晚，它身边仍然跟着一大群人。但是，它毫不在乎，因为它每天在动物园里都看见许许多多的人。只有一次它有点生气。

一个流浪街头的男孩子跑到它的腿跟前，为了开心取乐向那些好看热闹的人做鬼脸出怪相。

Тогда слон спокойно снял с него хоботом шляпу и перекинул ее через соседний забор, утыканный гвоздями.

Городовой идет среди толпы и уговаривает ее:

— Господа, прошу разойтись. И что вы тут находите такого необыкновенного? Удивляюсь! Точно не видали никогда живого слона на улице.

Подходят к дому. На лестнице, так же как и по всему пути слона, до самой столовой, все двери растворены настежь, для чего приходилось отбивать молотком дверные щеколды. Точно так же делалось однажды, когда в дом вносили большую чудотворную икону.

Но перед лестницей слон останавливается в беспокойстве и упрямится.

— Надо дать ему какое-нибудь лакомство… — говорит немец. — Какой-нибудь сладкий булка или что … Но … Томми! .. Ого-го! .. Томми!

Надин отец бежит в соседнюю булочную и покупает большой круглый фисташковый торт. Слон обнаруживает желание проглотить его целиком вместе с картонной коробкой, но немец дает ему всего четверть. Торт приходится по вкусу Томми, и он протягивает хобот за вторым ломтем. Однако немец оказывается хитрее. Держа в руке лакомство, он подымается вверх со ступеньки на ступеньку, и слон с вытянутым хоботом, с растопыренными ушами поневоле следует за ним. На площадке Томми получает второй кусок.

Таким образом его приводят в столовую, откуда заранее вынесена вся мебель, а пол густо застлан соломой …

当时象不慌不忙地用鼻子卷起他的帽子，甩进旁边钉满钉子的围墙里。

一个警察走进人群中，向他们劝说道：

——先生们，请散开吧！你们干吗要逗弄这种罕见的东西呢？真奇怪！从没见过活象大摇大摆地走在街上。

来到家门口。要同走平路一样，一直通向餐厅去的楼梯上所有的门都要大开着，这就必须用槌子打掉全部门闩鼻子。正像有一次把一个特大的有灵的圣像抬进房里来所发生的事情一样。

但是，在楼梯前象有些惊慌地站住了，要起拗脾气来。

——要给它吃点什么好吃的……——德国人说道。——比如甜面包或其他的东西……喔……托米！……哎哎……托米！

娜佳的父亲跑到隔壁的面包铺买了一个圆形的阿月浑子大蛋糕。象本想把它连硬纸盒一块吞掉，但是德国人只给了它整个蛋糕的四分之一。蛋糕正合托米的口味，它又伸出长鼻子去接第二块。这时德国人要了个滑稽手腕，他手里拿着蛋糕，一级梯阶一级梯阶地向上走，象伸长了鼻子，呼扇着两只大耳朵，不由自主地跟在他的后面。到了楼梯台上，托米才得到了第二块。

就这样一直把象引到餐厅，在那里全部家具早已被搬走了，地上厚厚地铺上一层干草……象的一条腿拴在旋进地板里的铁环

Слона привязывают за ногу к кольцу, ввинченному в пол. Кладут перед ним свежей моркови, капусты и репы. Немец располагается рядом, на диване. Тушат огни, и все ложатся спать.

VI

На другой день девочка просыпается чуть свет в прежде всего спрашивает:

— А что же слон? Он пришел?

— Пришел, — отвечает мама, — но только он велел, чтобы Надя сначала умылась, а потом съела яйцо всмятку и выпила горячего молока.

— А он добрый?

— Он добрый. Кушай, девочка. Сейчас мы пойдем к нему.

— А он смешной?

— Немножко. Надень теплую кофточку.

Яйцо быстро съедено, молоко выпито. Надю сажают в ту самую колясочку, в которой она ездила, когда была еще такой маленькой, что совсем не умела ходить, и везут в столовую.

Слон оказывается гораздо больше, чем думала Надя, когда разглядывала его на картинке. Ростом он только чуть-чуть пониже двери, а в длину занимает половину столовой. Кожа на нем грубая, в тяжелых складках. Ноги толстые, как столбы. Длинный хвост с чем-то вроде помела на конце. Голова в больших шишках. Уши большие, как лопухи, и висят вниз. Глаза совсем крошечные, но умные и добрые. Клыки обрезаны. Хобот — точно длинная змея и оканчивается двумя ноздрями, а между

上。一些新鲜的胡萝卜、白菜、芜菁……放在它的前面。德国人躺在它旁边的沙发上。灯熄了，开始睡觉了。

VI

第二天刚一亮女孩就醒了，睁开眼睛就问道：

——象呢？来了吗？

——来了，——妈妈回答道，——但是她让娜佳先洗脸，再吃煮鸡蛋，喝热牛奶。

——它善良吗？

——善良。吃吧，孩子。我们马上去看它。

——它可笑吗？

——有一点。快穿上棉大衣吧！

鸡蛋吃完了，牛奶喝光了。娜佳被抱进她婴儿时代坐过的小车里，被推进了餐厅。

原来象比她在画书上看到的要大得多。体高略微比门低一些，体长几乎占了半个餐厅。它的皮粗糙且有浓重的皱褶。腿像柱子一样粗。长长的尾巴像掸子似地在后面吊着。大耳朵像牛蒡叶似地向下耷拉着。眼睛虽小，但却慈善有神。牙被截短了。鼻子像一条长蛇，鼻端有两个指状凸起。假如它把鼻子全伸开，大概能够到餐厅的窗户。

ними подвижной, гибкий палец. Если бы слон вытянул хобот во всю длину, то наверно достал бы он им до окна.

Девочка вовсе не испугана. Она только немножко поражена громадной величиной животного. Зато нянька, шестнадцатилетняя Поля, начинает визжать от страха.

Хозяин слона, немец, подходит к колясочке и говорит:

— Доброго утра, барышня. Пожалуйста, не бойтесь. Томми очень добрый и любит детей.

Девочка протягивает немцу свою маленькую бледную ручку.

— Здравствуйте, как вы поживаете? — отвечает она. — Я вовсе ни капельки не боюсь. А как его зовут?

— Томми.

— Здравствуйте, Томми, — произносит девочка и кланяется головой. Оттого, что слон такой большой, она не решается говорить ему на «ты». — Как вы спали эту ночь?

Она и ему протягивает руку. Слон осторожно берет и пожимает ее тоненькие пальчики своим подвижным сильным пальцем и делает это гораздо нежнее, чем доктор Михаил Петрович. При этом слон качает головой, а его маленькие глаза совсем сузились, точно смеются.

— Ведь он все понимает? — спрашивает девочка немца.

— О, решительно все, барышня!

— Но только он не говорит?

— Да, вот только не говорит. У меня, знаете, есть тоже одна дочка, такая же маленькая, как и вы. Ее зовут Лиза. Томми с ней большой, очень большой приятель.

女孩一点也不害怕，仅仅对这庞然大物感到惊讶。但是，十六岁的小保姆波利亚却吓得叫起来。

象的主人，那位德国人走近小车说道：

——早晨好，小姐。请不要怕。托米很善良，喜欢孩子。

女孩向德国人伸出苍白的小手。

——您好！您近来怎么样？她回答道。——我一点也不怕。它叫什么名字？

——托米。

——您好，托米！——女孩向它点头说道，因为象是这样庞大，所以她不敢对它说“你”这个字。——夜里您睡得好吗？

她向它伸出手去，象也慢慢地卷起鼻子轻轻触摸着女孩细小的手指，它的动作比米哈伊尔·佩特罗维奇医生还要轻柔，还要亲切。它摇晃着脑袋，一对小眼睛笑眯眯地挤到一起。

——它什么都明白吗？——女孩向德国人问道。

——是啊，什么都明白，小姐！

——那么，它只是不会说话吗？

——是的，只是不会说话。你知道吧，我也有一个女儿，跟您一般大，她叫莉扎。托米和她是非常好的朋友。

— А вы, Томми, уже пили чай? — спрашивает девочка слона.

Слон опять вытягивает хобот и дует в самое лицо девочки теплым сильным дыханием, отчего легкие волосы на голове девочки разлетаются во все стороны.

Надя хохочет и хлопает в ладоши. Немец густо смеется. Он сам такой большой, толстый и добродушный, как слон, и Наде кажется, что они оба похожи друг на друга. Может быть, они родня?

— Нет, он не пил чаю, барышня. Но он с удовольствием пьет сахарную воду. Также он очень любит булки.

Приносят поднос с булками. Девочка угощает слона. Он ловко захватывает булку своим пальцем и, согнув хобот кольцом, прячет ее куда-то вниз под голову, где у него движется смешная, треугольная, мохнатая нижняя губа. Слышно, как булка шуршит о сухую кожу. То же самое Томми проделывает с другой булкой, и с третьей, и с четвертой, и с пятой и в знак благодарности кивает головой, и его маленькие глазки еще больше суживаются от удовольствия. А девочка радостно хохочет.

Когда все булки съедены, Надя знакомит слона со своими куклами:

— Посмотрите, Томми, вот эта нарядная кукла — это Соня. Она очень добрый ребенок, но немножко капризна и не хочет есть суп. А это Наташа — Сонина дочь. Она уже начинает учиться и знает почти все буквы. А вот это — Матрешка. Это моя самая первая кукла. Видите, у нее нет носа, и голова приклеена, и нет больше волос. Но все-таки нельзя же выгонять из

——而您，托米，喝茶了吗？——女孩向大象问道。

——象又伸出长鼻子，对着女孩的脸吹了一口热气，女孩稀疏的头发立即飘散开来。

娜佳拍着手哈哈大笑起来。德国人也以深厚的男低音发出了笑声。他本人也如同象一样高大、肥胖、善良，因此，娜佳认为他们俩很相像，可能是亲戚。

——不，他不喝茶，小姐，可他很爱喝糖水，也喜欢吃甜面包。

一托盘甜面包送来了，女孩热情地宴请自己的新朋友。它灵活地用鼻子抓起一个面包，然后鼻子卷成环形，把面包送进了令人发笑的三角形的毛茸茸的嘴里。紧接着托米又吃了第二个、第三个、第四个、第五个，并摇晃着脑袋表示感谢，它的一双小眼睛满意地眯成一条缝。女孩高兴得哈哈大笑起来。

当所有的面包吃完后，娜佳又向它介绍自己的布娃娃：

——请看，托米，这个打扮得漂亮的娃娃是索尼娅。她很善良，但是有点调皮，不爱喝汤。而这个娜塔莎是索尼娅的女儿，她已经开始上学了，几乎认识全部字母。而这个是玛特寥什卡，是我最早的一个布娃娃。您看，她没有鼻子，头被粘上了，头发也少了。但是，无论如何也不能把老太婆赶出门啊！您说对吗？托米！她从前是索尼娅的妈妈，而现在是我们的炊事员。好吗？让我们

дому старушку. Правда, Томми? Она раньше была Сониной матерью, а теперь служит у нас кухаркой. Ну, так давайте играть, Томми: вы будете папой, а я мамой, а это будут наши дети.

Томми согласен. Он смеется, берет Матрешку за шею и тащит к себе в рот. Но это только шутка. Слегка пожевав куклу, он опять кладет ее девочке на колени, правда немного мокрую и помятую.

Потом Надя показывает ему большую книгу с картинками и объясняет:

— Это лошадь, это канарейка, это ружье... Вот клетка с птичкой, вот ведро, зеркало, печка, лопата, ворона ... А это вот, посмотрите, это слон! Правда, совсем не похоже? Разве же слоны бывают такие маленькие, Томми?

Томми находит, что таких маленьких слонов никогда не бывает на свете. Вообще ему эта картинка не нравится. Он захватывает пальцем край страницы и переворачивает ее.

Наступает час обеда, но девочку никак нельзя оторвать от слона. На помощь приходит немец:

— Позвольте, я все это устрою. Они пообедают вместе.

Он приказывает слону сесть. Слон послушно садится, отчего пол во всей квартире сотрясается и дребезжит посуда в шкафу, а у нижних жильцов сыплется с потолка штукатурка. Напротив его садится девочка. Между ними ставят стол. Слону подвязывают скатерть вокруг шеи, и новые друзья начинают обедать. Девочка ест суп из курицы и котлетку, а слон — разные овощи и салат. Девочке дают

一起玩玩吧，托米：您装爸爸，我当妈妈，而这些布娃娃都是我们的孩子。

托米同意了，它笑着，抓起玛特寥什卡的脖子，送进了自己的嘴里，但这仅仅是开个玩笑。它轻轻地嚼一嚼，又把它放到女孩的膝盖上，布娃娃真的有点湿、有点皱。

然后，娜佳给它看大画书，并解释道：

——这是马，这是金丝雀，这是枪……这是鸟笼子，这是桶、镜子、炉子、铲子，乌鸦……而这，您看，是大象！真的，一点也不像。难道大象这么小，托米？

托米也认为世界上从来没有这么小的象。它不喜欢这幅画，就抓起它的一角，翻过去。

吃饭时间到了，但是，女孩无论如何也不愿离开托米。这时，德国人只好来帮忙说：

——由我来解决这件事，就让他们一块吃吧！

他让象坐下，它就顺从地用力往下一坐，房里的地板立刻咚的一声，碗橱里的餐具也叮当作响，下边住户天花板上的一块灰泥随机散落下来。女孩在它的对面坐下，中间放上一张桌子。象的脖子系上餐巾，新朋友们开始吃饭了。女孩吃肉饼和鸡汤，象吃各种蔬菜和沙拉。他们给女孩送来了一小杯赫列斯酒，给象送来掺有一大杯罗姆酒的热水，它满意地用鼻子从钵子里吸起这种饮料来。然后他们又吃些甜食：女孩——一小碗

крошечную рюмку хересу, а слону — теплой воды со стаканом рома, и он с удовольствием вытягивает этот напиток хоботом из миски. Затем они получают сладкое — девочка чашку какао, а слон половину торта, на этот раз орехового. Немец в это время сидит с папой в гостиной и с таким же наслаждением, как и слон, пьет пиво, только в большем количестве.

可可，象——半个核桃仁大蛋糕。这时，德国人如同象一样高兴地和爸爸一起坐在客厅里，喝着啤酒，好多好多的啤酒。

После обеда приходят какие-то папины знакомые, их еще в передней предупреждают о слоне, чтобы они не испугались. Сначала они не верят, а потом, увидев Томми, жмутся к дверям.

饭后，爸爸的一些熟人来了，为了不让他们受惊，之前就预先告诉了他们。起初他们不相信，后来，当他们看见托米后，紧靠在门上不敢动。

— Не бойтесь, он добрый! — успокаивает их девочка.

——别害怕，它善良、温顺！——女孩安慰他们说。

Но знакомые поспешно уходят в гостиную и, не просидев и пяти минут, уезжают.

但是，熟人们慌慌忙忙走进客厅，坐了不到五分钟就离开了。

Наступает вечер. Поздно. Девочке пора спать. Однако ее невозможно оттащить от слона. Она так и засыпает около него, и ее уже сонную отвозят в детскую. Она даже не слышит, как ее раздевают.

黄昏降临，天色已晚，女孩该睡觉了，可是，无论如何她也不愿离开这里。她就这样睡在象的身边，最后被抱回卧室。这时，她甚至连给自己脱衣服的声音都没听到。

В эту ночь Надя видит во сне, что она женилась на Томми, и у них много детей, маленьких, веселых слоняток. Слон, которого ночью отвели в зверинец, тоже видит во сне милую, ласковую девочку. Кроме того, ему снятся большие торты, ореховые и фисташковые, величиною с ворота…

这一夜，娜佳梦见她和托米结了婚，他们生了很多孩子——活泼快乐的小象崽。夜里被送回动物园的象也梦见了可爱温柔的小女孩，还梦见了大蛋糕、核桃仁蛋糕和阿月浑子蛋糕，像领口一样大……

Утром девочка просыпается бодрая, свежая и, как в прежние времена, когда она была еще здорова, кричит на весь дом, громко и нетерпеливо:

早晨，女孩醒来的时候，显得精神抖擞、容光焕发。就像从前健康的时候一样，在房里大声地不耐烦地喊叫着：

— Мо-лоч-ка!

Услышав этот крик, мама радостно крестится у себя в спальне.

Но девочка тут же вспоминает о вчерашнем и спрашивает:

— А слон?

Ей объясняют, что слон ушел домой по делам, что у него есть дети, которых нельзя оставлять одних, что он просил кланяться Наде и что он ждет ее к себе в гости, когда она будет здорова.

Девочка хитро улыбается и говорит:

— Передайте Томми, что я уже совсем здорова!

——牛……奶……！

——听见这种喊叫声后，妈妈高兴地在自己卧室里祈祷。

女孩又想起了昨天的事，问道：

——象呢？

有人向她解释说，象回家办事去了，它也有孩子，不能把它们扔下不管。又说，象请求代它向娜佳问好，并期待着娜佳早日康复，去它家做客。

小女孩狡猾地一笑，说道：

——请转告托米，我已经完全好了！

Слова, Словосочетания и Фразы

1. перевора́чивать кого на спи́ну и на живо́т
2. приложи́ть у́хо к те́лу
3. оття́гивать вниз ни́жнее ве́ко
4. Речь идёт о ком.
5. Постара́йтесь кого как-нибудь развле́чь… хоть чем-нибудь.
6. смотре́ть в потоло́к неподви́жными, невесёлыми глаза́ми
7. задрема́ть на полчаса́
8. Кабине́т от таба́чного ды́ма де́лается весь си́ний.
9. ви́деть во сне что-то
10. говори́ть шёпотом, то́чно по секре́ту
11. Большо́й се́рый слон кача́ет голово́ю и ма́шет хвосто́м.
12. дыша́ть тяжело́
13. Не сошёл ли я с ума́?
14. Он сиди́т в звери́нце, в пе́рвом ряду́.
15. Учёные зве́ри выде́лывают ра́зные шту́ки.

单词、词组和句型

1. 使某人仰卧和俯卧
2. 把耳朵贴在身体上
3. 把下眼皮往下翻
4. 谈论着某人。
5. 要尽量使某人高兴，不管用什么办法。
6. 用呆滞的不愉快的目光望着天花板
7. 微睡（打盹）半小时
8. 办公室里烟雾弥漫，一片呛人的蓝烟。
9. 梦见什么
10. 悄然神秘地说道
11. 一头大灰象摇头晃尾。
12. 呼吸困难
13. 我是不是疯了？
14. 他坐在动物园的头一排椅子上。
15. 受过训练的动物要弄着各种各样的玩意儿。

16. скла́дывать слова́ из больши́х карто́нных букв	16. 把大硬纸板上的一些字母合成单词
17. По глаза́м не́мца ви́дно, что он то́же хо́чет спроси́ть...	17. 从德国人的眼神里可以看出他也想问一问……
18. Спаси́ бог!	18. 求上帝保佑！
19. Не́мец хму́рится и в разду́мье че́шет мизи́нцем ле́вую бровь.	19. 德国人皱着眉头，用小手指搔左眉毛，陷入沉思中。
20. заду́мываться на мину́ту	20. 沉思了一会儿
21. Слона́ веду́т в го́сти к больно́й де́вочке.	21. 领一头大象来病女孩家做客。
22. Слон ва́жно шага́ет по са́мой середи́не у́лицы, пока́чивает голово́й и то свива́ет, то развива́ет хо́бот.	22. 在街道的正中心象大摇大摆地走着，晃着脑袋，长鼻子时而卷起来，时而伸出去。
23. У́личный мальчи́шка на́чал кривля́ться на поте́ху зева́кам.	23. 一个街头流浪的野孩子向那些好看热闹的人们做鬼脸出怪相以便开心取乐。
24. Слон остана́вливается в беспоко́йстве и упря́мится.	24. 象有些惊慌地站住了，要起拗脾气来。
25. Не́мец ока́зывается хитре́е.	25. 德国人要了个滑稽手腕（原来德国人更狡猾。）
26. Де́вочка просыпа́ется чуть свет.	26. 天刚一亮，女孩就醒了。
27. визжа́ть от стра́ха	27. 吓得叫起来
28. То́мми (слон) о́чень до́брый и лю́бит дете́й.	28. 托米（象）很善良，喜欢孩子。
29. кла́няться голово́й кому	29. 向某人点头致敬
30. На́дя хохо́чет и хло́пает в ладо́ши.	30. 娜佳拍着手哈哈大笑起来。
31. На́дя знако́мит слона́ со свои́ми ку́клами.	31. 娜佳向象介绍自己的布娃娃。
32. ви́деть во сне кого-что	32. 梦见某人某物
33. жени́ться на ком	33. 和某人结婚
34. Де́вочка просыпа́ется бо́драя, све́жая.	34. 女孩醒来，显得精神抖擞、容光焕发。
35. проси́ть кла́няться кому́ от кого	35. 请求代向某人问好。